U0579623

写者无疆

朱以撒　著

成都地图出版社
CHENGDU DITU CHUBANSHE

图书在版编目（CIP）数据

写者无疆 / 朱以撒著 . -- 成都：成都地图出版社
有限公司，2025. 6. --（中国当代文学名家精品集）.
ISBN 978-7-5557-2840-5

Ⅰ. I267

中国国家版本馆 CIP 数据核字第 20257MT736 号

中国当代文学名家精品集：写者无疆
ZHONGGUO DANGDAI WENXUE MINGJIA JINGPIN JI: XIEZHE WUJIANG

著　　者：朱以撒
责任编辑：王　颖
封面设计：李　超

出版发行：成都地图出版社有限公司
地　　址：四川省成都市龙泉驿区建设路 2 号
邮政编码：610100

印　　刷：三河市人民印务有限公司
（如发现印装质量问题，影响阅读，请与印刷厂商联系调换）

开　　本：710mm×1000mm　1/16
印　　张：13　　　　　　字　　数：200 千字
版　　次：2025 年 6 月第 1 版
印　　次：2025 年 6 月第 1 次印刷
书　　号：ISBN 978-7-5557-2840-5
定　　价：68.00 元

出版说明

2023 年春，教育部等八部门印发《全国青少年学生读书行动实施方案》。随后，122 家国家语言文字推广基地共同发出"典耀中华"主题读书行动倡议。一些具有文化情怀的出版社和文化公司，立即响应，策划各种适合青少年阅读的图书，《中国当代文学名家精品集》书系应运而生。

《中国当代文学名家精品集》书系由北京世图文轩文化发展有限公司（下称"世图文轩"）策划，由成都地图出版社出版。我非常荣幸地受邀担任主编。

世图文轩成立于 2010 年，系北京市内乃至全国较有影响力的图书发行公司之一，曾获得"重合同守信用企业""诚信经营示范单位"等荣誉称号。长期以来，世图文轩和众多出版社就优质图书出版进行合作，获得了合作伙伴的一致好评。在"典耀中华"主题读书行动中，他们敏锐地抓住机遇，迅速策划主要以初、高中生为读者对象的大型书系选题，显现出他们的眼光、魄力与胸怀，以及对于文化市场的拓展理想。我相信，这样一家致力于图书策划、出版的公司，其品牌信誉是毋庸置疑的。

为成长中的青少年读者集中呈现名家优秀作品，是一件虽然困难，却功在当代、利在未来的大好事，我能参与其中，与有荣焉。我必须以一种高度的使命感、责任感以及担当精神来做好这个书系，成就这件大好事。

令人特别感动的是，刚开始组稿时，刘成章、王宗仁、陈慧瑛、韩小蕙、王剑冰、李青松、沈念等老师就对这个书系表现出极大的支持和信任，并在第一时间提供了书稿以示鼓励。很快，几乎所有得知此书系的作家都认为这是在为作家、为"典耀中华"主题读书行动做一件好事、大事。由此，我和我的临时编辑室成员获得了极大的信心，热情也更加高涨，此后连续十个月，我们整个身心都扑在了这件事上。

一个人只要用心做事，人们是会感受到的，也会默默地予以支持。事实上也是如此。随着组稿工作的开展，我们和作家们的沟通日益频繁，我们发现，他们除了都表现出对这个书系的兴趣与认可，对当代散文创作的发展、繁荣的前景，还有一种共同的期待与信心。这对我们无疑是一种更为巨大的鼓舞与动力。

组稿虽然也费了不少周折，但总体上比想象中顺利得多。当然，非常遗憾的是，一部分作者由于手头书稿版权等原因，未能加盟到这个书系。

组稿只是我们工作的一部分，更为具体、更为烦琐的，是审稿事务，它出乎意料的繁重，也占据了我们比预想的多得多的时间和精力。偶尔，我们也有点儿想放弃了，但是，想着这是一件功德无量的事，又兀自笑笑，继续埋头苦干。在这个过程中，感谢师友们对我们工作的配合、理解、支持与信任。

静下心来，切实感受审读、编辑工作的价值和意义。

书系里，名家荟萃，佳作如林。有的，曾代表过一种新的创作范式；有的，曾开启过一种创作方向；有的，对某一题材开掘出更深更独特的思想；有的，有引领某类题材与风格的新面貌；等等。毫不夸张地说，散文多角度多样式的表达，在这个书系里应有尽有，全景式、全方位地呈现出中国散文几十年的创作成果，是当代散文创作的一个缩影。

总体上，无论是题材、创作方法，还是思想容量，此书系都呈现了散文广阔的视野，让我们感受到散文天地的无垠无际。

具体来说，以下几个特点特别明显：

一、作者队伍可谓老中青完美结合。入选作者的年龄跨度最大达半个多世纪，上有鲐背之年的高龄名将，他们文学生命之树长青，宝刀不老，象征着老一辈散文家依然苍翠的文学生命力；最年轻的三十出头，他们雏凤声高，彰显散文创作的新生力量蓬勃兴旺的景象；一大批中壮年作家，是当代散文创作领域里当之无愧的中坚基石，他们的创作正处于繁花似锦的鼎盛时期，实力毕现。

二、题材多元多样，内容丰富多彩。书系中，既有涉及上下五千年历史的洒脱智慧的历史文化散文，又有让人惊艳的初次涉猎的新颖、独特题材。有人写亲情，有人写风景。有些人写自己的童年，让我们看到其成长时代；有些人写一个城市或一条河流的前世今生；有些人写自己对故乡的记忆，从更有新意的视角表现这个时代的巨变；有些人集中了自己几十年的写作精品，让我们看到他们的创作道路上的足迹；有些人专注于一个主题，开掘深挖，独具魅力；有些人关注时代、关注身边的人和事；有些人剖析自己的内心情感……总之，反映中华传统文化、红色文化和当代自然文学精粹的作品，在此书系里比比皆是，或温暖动人，或鼓舞人心。

三、风格百花齐放，个性特点鲜明。几十部作品，有的侧重写实，有的侧重抒情，有的注重开掘思想，有的追求内容唯美，有的描写细致入微，有的叙述天马行空……表现方式千姿百态。但无论哪种风格，无论如何表达，皆个性鲜明，情感饱满，呈现出思想性、艺术性、可读性兼备的特质，读者可以从中获得不同程度的启发，感受到散文的魅力。

四、女性作者跳出了人们对"女性散文"固有的观念。书系中占有一定比例的女性作者，她们的作品虽然仍保留细腻敏感的特色，但大都呈现出大气开阔、通透有力的格局。她们温柔而现代的行文表达，对读者来说有着更为别致的情感体验和人生借鉴意义。

总之，这个书系，将是我们打造阅读品牌的开端。如果你愿意静下心来阅读，你一定会有所收获。

习近平总书记在文艺工作座谈会上讲话时指出："优秀文艺作品反映着一个国家、一个民族的文化创造能力和水平。吸引、引导、启迪人们必须有好的作品，推动中华文化走出去也必须有好的作品。"我们希望，这个书系能成为读者眼里"正能量、有感染力，能够温润心灵、启迪心智，传得开、留得下，为人民群众所喜爱"的"优秀作品"。

在此，特别感谢沈俊峰、陈晨两位搭档的通力协作，我的编辑朋友梁芳、胡玉枝的倾力相助，以及世图文轩、成都地图出版社上上下下推进此书系出版的所有领导与师友的大力支持和耐心细致的工作。他们让我感受到了团队的力量。同时，也特别感谢出版方将我和我的搭档的作品纳入此书系，我们把此举视为对我们的"嘉奖"。

上述文字，不敢称"序"，不敢称"前言"，甚至不敢称"出版说明"，仅表达此书系的缘起和一些组稿、审读的感受，也许过于肤浅，还望广大作者、读者海涵。

《中国当代文学名家精品集》主编

目录

写者无疆

这个靠山的院子后边，是一片茂密的芦苇和灌木，越往上，大树峥嵘、鸟雀营巢。刚搬进来时可见到多种类的毛羽，个头很大的野鸭、山鸡，腾空而起发出嘭嘭的声响，绶带鸟则行止闲逸，徘徊时透出旁若无人的徐缓。有的在白日发声，有的则于夜间啼唱无歇。邻居们相继装修，并且向山上挺进，构建栈道，开荒种菜。我对邻里的看法向来一致——相安无事最好。向山上拓展当然是我管不了的事，我也就不劝说。尽管我以为山景如此天生天养让人神怡，是不应该去添加人工斧凿之迹的。人与人的想法相差甚远，也就不必沟通，真要沟通真是自取其辱。自己希望的，在他人看来无足道；而他人的想法、做法，在我看来也荒唐之至。每个人行走在岔道上，相互不会交错，只是自己走去。记得《儒林外史》里的杜少卿说："好了，逍遥自在，做些自己的事罢了。"如此最为开怀。

如果是写字、写文这一类事更是如此，我认为是自己闷声不响去做，以不和人交流为上乘。

总会有人在报端发表一些心得体会，就算是真实不虚，那也是他的体会，于我是无干的。我可能没有什么体会，或者有了体会也与之截然相反。一个人于文字，个人喜欢就够了，于是常年写去，写得好还是不好，虽然不与人交流，自己还是能够有所感的；但乐趣还是首要，才可能不辍，要一直写到写不动了方才放下，一声叹息。每个写者都有自己的鼎盛时段，文章一篇篇写出来，且都能发表。这里有确实的写作之才，也有一些权势同样处于鼎盛时段的人，所写平平，发表却成了必然。说起来，发表的未必佳好，不得发表也未必不好，只是时候未到。写就是满足一个人生存道途中的一点小愿望，借助写聊申寸绪，能发表当然好，不能发表也敝帚自珍，品味自己的小得，或者小失。上个世纪有一个十年我不断地写，也不断地迎接退稿，想起来是给对方添了许多麻烦。我还是一篇一篇地写，我觉得对方应该接受我这样的表达方式，应该从中选一篇发表，可是没有。人的想法相差太多——这种认知就是在那个时候形成的。

在文士中，白居易和元稹的关系居然会这么亲密，真是让我惊异。他们的共同点有不少，从俗常的功名观到优雅的审美。尽管现在元稹的诗名比白居易小了很多，但只要一提起"曾经沧海难为水，除却巫山不是云"这两句诗，还是会狂拨很多人的心弦。二人互为镜像，此唱彼和，彼唱此和，几十年间，兄弟般怡怡不散，不像更多的文士始善终隙，见笑于后人。精神生活到了此时，无声胜有声，心照不宣。如此文士从来少，独行单干习惯了，就算有推不掉的雅集，也是抱着应酬的心态，对付一下。文士笔下常写到内在，希望有一双慧眼透过皮囊看到内在，元、白二人肯定是互见内里了，才可能融合在一起这么多年，毫无嫌隙。时代的速度越来越快了，我们面对的人物、事物内在几何，我想是没有那么多时日来研究的。有的一晃而过，不想深交、深知，看清楚外在就很可知足了。外在就是一具皮囊、一篇文章，或者一幅书法作品。语言是如何敷衍的，表义是什么，这些外在的获得不会太难。如果要追求内在的启示义、象征义，那就辛苦了。只有如同元、白二人要成为知己，方须走向对方深处。如果双方都无此意，只是擦肩而过，那么瞥一眼背影已经足够。每个人都在守住自己的这个摊子，像街头巷尾那些摆摊的人，有的摊子大些，卖的物品更值钱些；有的摊子太小了，只有一个小篮子，里边装了几个自家树上采下的柿子。各自吆喝，讨价还价。他们的共同点就是城管来了，各自带着摊子狂奔。摊子在，也就平安无事。庄子曾谈到寿陵人去邯郸学步的事，新步没学成，故步反而丢了——凭什么邯郸人要教新步于你？我一直认为这就是不自守的结果，把自己这一摊弄没了。这个世界还是有许多规定性的，自己和他人不同的那部分就是规定性，以这种规定性行于世——松自然直，棘自然曲，乌不墨而黑，鹤不浴而白，鸟栖于枝，兽伏于穴，鱼潜于渊，龟则曳尾泥涂，何况有脾性的文士。

　　一幅书法的终结，我会落上农历年月，再标明书于"怀安"。有人看了觉得奇怪，因为政府的规定分明是"淮安"。我就笑笑。我住的这个地方，梁武帝来了，就称怀安。后来有好事者认为临水，应用淮安。作为个人而言，既然可以选择，我还是用怀安好，它是有情调附着在上面的，譬如有深沉、柔和、温暖、爱抚这些成分。而淮安二字触目，就是一片汪洋。作为行政的字眼，如果能像古时的年号就好了，短命的后汉，就是在仅有的两个年号"天福""乾祐"里，还是让人抚摸到人情的。有的字眼就是散发着文件的气味，办公室的硬度，那是用来公事公办的。就像一幅书法，落款是"淮安"，那真是索然无味毫无情绪。而"怀安"，那就是一个深广的情感世界。像这样的字眼，有感觉的人瞥一眼就会从心底升起涟漪，接着是联翩的想象。情调是很个人的事，有就有，没有就没有，中间隔着一条天河。天下事大抵分为合作与单干两种——合作人多势众，弄出不小的声响，最终的成果也是以巨大的形式出现，譬如一个很大的工程，一部很大的书。我参与合作的事少之又少，参加的一次合作是书法、绘画、音乐、舞蹈诸门类的项目，写手上阵后领了任务，各自写去，最后由主编连缀起来。艺术中人本来情调就各不相类，会写不会写且不说，写出来笔调不知相差几里。这样的书还是出来了，连自己都不愿去翻翻。可能每个人都觉得是为完成任务而作，但任务是反情调的，任务在拼凑之后就是一堆杂碎——这很像电影里的友情出演，偶尔弄一两次，没有办法。待到单干了，自己乐意为之，单枪匹马，安安静静地写去，那真是没有什么牵挂。恨不得过程漫长一点，体验丰富一点，其中的跌宕波折，足以把玩无端。美国作家卡佛认为写作就是一种发现、评估、推进，进入未知之域，有神秘感。这就是一个写者个人的福利，再来一个合作者就无从享有了。文士们虽然都认为自己合书写之道，遵轨范，有门庭，灵心善感，但说到底还是宜散不宜聚，各自擅其妙，各自领其奥，成为一种常态。这样，每个写者就可以放开，恣情任性了。就像我落款"怀安"一样，同时相继几年落了干支纪年的丁酉、戊戌、己亥、庚子、辛丑、壬寅，明年春节一到，我就要以"癸卯"纪年出现了。观者说看不懂，我只是笑笑，觉得不要费口舌。

　　家里的宣纸已经很多了，连同各种花笺，我不知要用到哪一年才能写尽。只是，我还要不时到四宝堂去买一些回来——同样色泽、厚薄的纸，差异居然这么大——这是我自己的感觉，其实质量都挺上乘的。有人来家里，随手礼就是一刀宣纸，我顺手摸摸，便不作声，心里已经知晓，尽管他说了一个不错的品牌，我却想着做练习纸用尚可。当然，有时也会让我在抚摸时暗暗高兴，真的很适宜我。我举的这个例子，表明一个人在对一张单薄的宣纸居然有如此不同的态度，它是靠摸来判断的，又如何与人说道？一张适宜的纸可以使人情趣盎然，计划等会写一个什么——一个人的案头过程可以通宵达旦，往往因情趣起，体力无条件顺从之，停不下来。在很多时候我是靠情趣来引导行动的——情趣来了，就不闲着。院子里的野草在盛夏的热度里疯长，这时我收到了学生寄来的一台割草机。我动用了以前当机修工的动手能力，把这堆零件安装起来。接下来就有了尝试的兴致，并不因正午的阳光焦灼难耐而等待傍晚。机器发出了声响，刀片铮亮地旋转，横扫无碍，野草扑地，便开怀之至，以为顺个人情性方不被压抑。黄山谷认为苏东坡是不怎么乐意给人写字的，碰到索字的人甚至还会呵责一顿。米南宫请他吃饭，准备了上好的笔墨、纸张，置之边上，苏东坡兴起，与米南宫一道，豪饮豪书，直至纸尽。情趣是文士生活的酵母，纸笔这些取自植物、动物身上的材料，可以使人欢悦无量，妙不自寻。说起来苏东坡、米南宫、黄山谷三人关系还是很笃定的，相聚总是开心始，开心终，但艺文上各有主张，不是靠近了，而是拉开了，使后人看到了纸面上诗文、书画的独至之性，旁出之情。从这方面揣度，他们又是三只离得很远的"刺猬"。

行止灵便的人不愿意旁人过多地帮助，以为多余。多年前到一个县采风，那时的蔡其矫行走还没问题，只是年龄摆在那里，主办方便执意派一位女青年扶他。后来觉得不足，又派一位，形成左右夹击状。蔡诗人挺开心，左看看右看看，说个不停，忽略了脚下凹凸，便摔了一跤，膝盖都破了。我在一旁静观，笑笑——或许让他自己走就不至于如此，是他的独立性被她们破坏了。一个人还是待到自己无能为力了，再请求合作——这是我对单干最后的界限。米亚导演的《晨光正好》写到了一位哲学教授，他老了，双目失明，行动迟缓，记忆丧失。女儿在外边请他开门需要很大的耐心，因为他要很久才可能把门打开。到了这样的生存状态，就不必强求一个人单干了——那么多藏书只是摆设，自己无力去取一本下来阅读；此前那么热爱写，一个人就可以轻松地写一篇哲学文章、一部哲学著作，现在连握紧一支笔都困难，指腕不听话地哆嗦着。他的女儿桑德拉只有自己做主，让父亲的学生来，把需要的书挑走。时光一天天流逝，结局当然越来越糟，倚仗他人帮助已是必然。算起来一生可以真正独立的日子并不是很多——当然包括精神独立。在不少日子还瞻徇顾盼，行止都如优孟衣冠，譬如写一堆套路文字、说一些违心话语，全然不是从自己肺腑中流出。每个人都逃脱不了琐屑的日常生活，衣食住行中必然要与许多人打交道。于是选择艺文生活，成为嵌入俗常生活的一点小超脱、小风雅，看到自己一点小小的力量——总是要有一种形式，使人有所不同，也让自己透透气。如果需要举个例子，那就是赵孟頫，一方面是宦海中听鼓应官，合作行政，踪迹如市人；另一方面是自作主宰，笔尖点染几多清泪，让人窥见其不羁的神色。如果没有后者，别人永远也看不清赵氏是个什么人。很多年过去了，作为官吏集团中的赵孟頫已经模糊得看不清了，而作为个人笔下的赵孟頫却越发神气活现，他的诗书画抬举了他，不被时日的烟尘覆盖。他每每从官府中出来，满脸倦意；待到进入书斋，拈笔濡墨，方又萌生快意——精神如此两极，最终只有一极是可靠的，那就是他单干的这一极。

每一个城市的艺文圈，恍如生态。每一行都有前辈在焉。这些前辈在年轻时是一个人数不少的群体。如果不说理想，至少也可以看到自觉地想使自己成为一个艺文兼备之士——那一代人专注于旧学，手上功夫也跟得上，便彼此伯仲，谁也不知何人胜出。和任何一代人一样，一群人中先天就产生了差异，门第不同、条件不同、教养不同、才华不同，只是各自做去，让时日漫过。人是很容易老的，从意气风发到老气横秋，似乎只是几场风雨。到了六七十岁这个节点上，有的人水落石出声名彰显，而更多的当年同行者，被剔了下去。没有人把等第区分出来，是时间如此为，并让人觉得理应如此。那一年有位老先生和我谈起他的诗书，我也觉得佳妙，但俗常还是以为低高士一等。这低一等如何断？是时日之断，不是谁可扭转的。时日彰显了天道，天道在许多时候摒弃了人的情感好恶，超出了人能理解的分寸。一个文士特立独行，自由是存在的，声名却相距甚远。声名大者继续张扬，余下的渐渐无名，惘惘不甘。曾国藩曾谈到运气的效应——如果有一点点来自外在的力量相助，效果会好得多。曾国藩说过两句大白话，一句是"所依得人，必得名位俱进"，一句是"人生事无巨细，何一不由运气哉"——运气是和人紧密相连的。他家人就是倚仗曾的位高权重而高人一等，胞弟曾国潢自诩湘乡第一乡绅，包揽钱粮，起灭词讼，一时风光无两。文士尽管斯文得多，还是要托关系找贵人，助其声名。曾国藩说："夫事至求人，其气便馁，便予人以排挤轻视之路，知命之君子弗为也。"岂知命之君子无多，更多的是投贽干谒、干谒祈进的事实，斯文反而成了次要。不求人而得遇，方才谓之运气，就像王世镗之于于右任，那才是一位清寒之士的运气到了。王倾心章草数十年，下笔便有古拙味。书法有味了，日子却寡淡无味，声名不振。他虽然善天文历算，但长年外有不通之境，内有不申之情，恐怕他也算不出自己未来如何。运气的来到，是从于右任看到他的书法开始的，于氏大为惊叹，以为"古之张芝，今之索靖，三百年来，世无与并"，王世镗的困厄迎刃而解。于右任帮王世镗洗冤，推介、出书，广为延誉，尽出其所藏碑帖与他研赏，怡怡无间——这真是王世镗一生最好的时光。我素来是没有什么运气的人，听人说运气活灵活现，便觉得挺神奇，还是笑笑。

金克木曾谈到自己问学的无奈："我好像苍蝇在玻璃窗上钻，只能碰得昏天黑地。"玻璃窗是透亮的，清楚地看到外边的无限景致，让人有出去的欲望，想去享受一把。可是，玻璃坚硬、冰冷，缝隙了无，柔软的身躯是过不去的。人生的很多壁垒都是要面对的，有的人就折回了，有的人则要破坚发奇——毕竟是在做自己喜欢的事，虽名无成，求心可足，也甘之如饴。是不是金克木的运气到了，在碰得昏天黑地之后，"不料终于玻璃上出现了一个洞，竟飞了出来"，一时霎然开朗风雅鼓荡。更多的人还是被玻璃挡在了另一边，尽管他们同样尽力，最后还是没能飞出来。所幸，都是做自己喜爱的事，不会为之失落。不志于仕而志于艺文，除了畅怀，就是消日——这是欧阳修说的，他喜好书法，就是为了消日，那么，他永远不会舍弃。我认得一位捏泥人师傅，几十年来就是捏泥人，从大阿福始，手艺渐入佳境有了名声，晚年就多捏古典戏曲人物了，贵妃醉酒，水漫金山，穆桂英挂帅，色泽缤纷，栩栩如生。有人说如果早年制紫砂壶，获利不知多多少。她说是啊是啊，接着埋头继续捏泥人，觉得自己就是做这个最适宜，别无他好。一个人所思专注，也就深固不徙，至于最后会达到什么程度，那是另一回事。人生不满百，何必怀千岁忧呢。

本来觉得人生草草做不成什么事，却不料亲近艺文，能如一员大将，调遣笔下千百兵马，旌旗金鼓，皆为统辖，号令之下，或高歌猛进如千钧之弩，一举透革；或低吟浅唱，如万骑忽敛，唯闻弦外之音。最是灵性来时，笔不能停，骎骎而走，使一幅中百曲千折吞吐往复，竟在意料之外。

每于此时，便觉美好。

迅疾的　缓慢的

这个面对东海的大学，夕阳下山，风就渐渐迅猛起来，到了夜间全然是虎狼之状。我躺在高楼的床上，在黑暗里听着风奋力撞击门、窗，发出一连串声响。这里原是滩涂、荒地，长风万里已经习惯，而今高楼拔地，使风在经过时不再畅快，也使居住于高层者难有安宁——相信和我这般躺着静听风狂的人，不能入睡，又毫无办法，只好开了灯，看几页书再说。

这个学校的书法研究生越招越多了，一个专业有越来越多的人报名应考，报名者是真的喜爱这个专业，对书写有情怀还是一些其他原因导致，这个问题我想实践几年再得出一个结论来。有时我也想，东海的风如此迅猛，晚间强大，白日就消失了，其中原因在哪里。实际上晚间被吓到的人是不会花时日去研究的，以为就是一种自然现象。但许多人突然对一个专业有兴致，都想来搏一搏，肯定比风的形成复杂，里边至少有真喜欢和假喜欢两种类型。

最近碰到一些人，说自己在学书法或者在学古琴，好像一下子冒出许多斯文优雅之士。每一种时兴都是有缘由的，只能从自己身上找。记得古人说过，时之所重，我之所轻——当一阵风横扫过来，大家都随风而动，生怕落在后面，这时自己是不是也要动，似乎值得多想一想。有人问我几岁学写字，我说五六岁。那时没有人提倡书法，更不知以后还形成专业，那么喜欢书写就是很个人的事了，像汤显祖说的"情不知所起，一往而深"，由情浅到情深，都是风水相遇自然而然的，此生不会放下了。至于后来提倡学书法，朝野呼声高涨，人相逢必言说二王颜柳，书法学科的等级还上调了。但我还是和以前一样，自己写去，心气平和，觉得此时和既往没有什么不同——就是一种私有之喜好，如饥食困眠，不须特地与他人表白，自知可也。想想古人也大抵如此，书写日常化、生活化，不需要提倡、强调，都是善于书写者，碰在一起还是多谈诗词文史更上档次。如此对待书写，荣者自荣，衰者自衰，循其规律，便十分地好了。说起来我不像其他人大鹏一日同风起，自己是不带速度的，以前慢慢地写，现在写得慢慢。尤其是后来，见有人群墨戏雅集，我也只是凑近看看，觉得他们写的和我想的不同，是适宜竞胜的那种。有人把毛笔递过来，像赵本山叫范伟"走两步，你走两步"，我还是把毛笔还给他，表示不适宜。我要写还是回书房去写，书桌的高度、毛笔的软硬度会更适宜我，尤其是写给自己看，不能随便。有些人是习惯于场面上工作的，古人就赞赏那些长叫三五声，投笔抗声连呼叫的张狂态度，我以为斯文人做不出来，还未狂叫脸就红了——人和人之间差异太大，尽管怪叫狂涂可以招揽许多看客，但会做的就做了，不会做的就是酒后也还是做不出来。我向来强调虞世南那样的写法，安静、洁净，不会有大声鞳鞳、小声铿锵这样的效果。有时就想把这样的私人喜好传达给一些人，但新伎滋起宛如风势，少年意气裘马轻狂，我还是不说出来，各自做去最好。

很多道理还是靠自己来明白最好，毕竟书写是很个人的事。

一个人钻进驾驶室，对速度的认知一下子明朗起来。弃步行而驾车，为的就是在速度上获得改变，从这个城市到那个城市，需要多少时间，在不意外的条件下完全可以测量出来，甚至可以缩短，提前到达。如果车窗打开，风从外边扑入，整个车腹轰轰作响，可以从声响得知此时是急驰或是缓行。开车的人常常会谈到速度，谈到速度的迅疾给自己带来的快感。我通过高速路去另一个城市，讲的反而是一门慢速的课——既然要学写字，首先就要对慢速有好感，情性托寄于慢速之中，否则，去学打字好了。一个人一天下来，是临摹不了古人法帖上的几个字的，就算形似了，神似还远着呢。那么一本临写终了，需要多少时日，不具备慢感的人，还是做别的适宜。看到有人自诩遍临百家，我将其视同天才。我能把三五家临写到有形有神，已经非常勉强，遑论百家。以有限之才追无限之意，分明是很艰辛的事，如果有所得当然是开怀之至，如果途中出现问题解决不了，只能退而求其次，接受无所成的遗憾。我是慢人中的一员，书写宛似蜗牛，总是想把一些细节弄清楚，成为充实的内容表现出来。特别是冬日的午后，一本字帖还没细读完毕，暮色就下来了，而且很急地深浓起来，眼前渐渐迷蒙，像被过往的烟火阻隔，看不清点画了。昆德拉说："在黄昏的余晖下，万物皆显温柔。"但此时更多的还是让人有逝水之叹，余晖不可系揽，把灯打开吧。观察四周的人群，还是喜欢快速、超速——如果一群书写好手于公共场合献艺，那些慢条斯理写楷书的，尽管一笔一画尽显功底，观者还是难以承受其慢，都跑去看那写草书的了。草书写手正在恣肆横纵，闪电激流一般，使观者啧啧称奇，特别是最后一竖如悬崖飞瀑落下，掌声随之而起。写楷书者继续自己漫长的历程，旁若无人，毫厘不苟，尽管离终结还有一段时间，也不会萌生提速的念头。

如此沉着的动作，可见内心安稳。

一日之间，快慢交替。凡出门都是去做一些快事，希望快速了结。于是无人处车子总是快了起来，一直开到囤积纸笔的四宝堂门口，进门便说要一些花笺，拿出来看看。老板从架子上取下，我还是要打开，在纸面上摸索几下，觉得是自己喜好的类型，便吩咐包好。主人有意破解我的快意，便说有好茶，坐下来喝一杯再走不急——这一坐就慢下来了。这个城市的许多空间都如此，开设茶室，摆上茶桌，让人陷在一泡茶的香柔里，有一搭无一搭地说些今日事旧日情，忽然觉得该走了，决不让第二泡茶绊住，又开着快车回家。进了书房门，人自然就慢了下来。想写三五枚花笺，为了好效果，还是仿古人坐下来磨一摊墨汁。这个环节把人的脾气都磨平了——以为磨好了，试试还差得远。于是再磨，再试。终于等到了苏东坡说的湛湛如小儿目睛那般乌黑发亮，便停下来。接下来的写还是慢进，有的起始写得好，后面又写糟了；或者首尾都写好了，印盖却揿歪了，便都不可用，又楼台再起。那种一挥而就的快才总是世代传扬，见出人之禀才迟速异分，刘公干、刘穆之、颜延之、秦少游这些人都属于风一样的速度，举笔便成宛若宿构，后人常提到他们，实则是对快的一种抬举。而慢则少人言说，慢的人也自知不如快，还是沉默不语为好——想想也是，快手都完成任务了在那里品茗说笑，如我这般慢者还未落笔，相距真是遥远。我不止一次地庆幸自己选择了这么一种方式，全然是以个人独立来进行的，不论抒情，还是实用，一人足矣。如果是集体合作生产性质，我的慢动作真会拖了大家后腿，那真是中夜起坐也会心感不安。

闲下来的时候，我也想到书写的未来，在万般如风迅疾向前的时代，书写会不会渐渐摒弃缓慢而投向飞速，使人看到的都是闪电那般的笔触。

一周之后，先前布置给研究生撰写的小论文陆续交了上来。有的是打字稿，有的是手写稿。手写稿使我想起自己，便先将此一一看过，像是看到自己。已故作家吕纯晖曾给我说，如果一张稿纸上有涂抹三处，她一定会撕去重抄，不让人看到卷面上的瑕疵。我想，这与她每次走出家门都要打扮得优雅清楚的心态有关，算是精神洁癖吧。这次则有位女生以端楷作文，使我阅读良久——卷面竟无一字涂改，让我甚为惊异。可以感受这样的书写速度的缓慢，同时还有耐性和细腻的情调。这样的书写出现在我面前的时候，改变了我一贯的想法——并不是年岁老大的人才自觉放慢速度。每一个年龄段都有以慢速度行事的人，把每一个字写端庄、写清洁了，除了给老师看，也给自己看；尊重了老师，也尊重了自己。书写是很需要教养的，有没有书写教养，在目击文字时就可以一眼洞见。教养如果不是与生俱来，那就是在后来的日子里通过自律形成。我更倾向于这位女生是通过后来的磨砺来达到的，这样的结果被我看到，就不应该被忽略。

接下来，作为老师的便利之处，就是把它收藏起来。

一个文士的秋夜

　　我接触一些古人，都是从他们的书法开始的。那时的文士，人人擅八法，给后人一个很感性的引导。接触赵孟頫也不例外，他留下来的作品那么多，都可称为精品，随取一帖，皆足为范，尤其是他以行楷抄写的曹子建的《洛神赋》、苏东坡的《赤壁赋》，都有一种珠圆玉润的灵性跃动其间，使观者生出春风拂面一般的喜悦，无端地觉得，下笔如此优雅的人，一定是个眉清目秀的开心少年。那时我每天都会去学校图书馆的深处，抱一堆字帖到敞亮处，一本本看去——我是视赵孟頫笔调为正宗的，它从王羲之这一脉流淌而出，恚然游刃，孤怀以托清迥，非寻常笃古之士所能措手，便十分钦佩。尤其是这种文士风韵在不惹尘泥时又有普适之美，使引车卖浆者流也爱不释手，可谓雅俗共赏。在一段时间里，我有了以字相人的爱好，觉得赵氏是个注意细节的人，以致笔笔精致细腻，毫无破败，人当如是，置身于春色之中怀抱自足。加上读了他的《鹊华秋色图》，更支持了我的想法——爽朗静谧的秋山，使人澹然与世相忘，人生如此寄迹，当为足矣。赵孟頫理应是有着士大夫那般的优游徜徉的心境，真是尽承平之乐。

　　如果没有后来对赵诗的阅读，我对他的认知，大抵如此。

　　赵孟頫的诗颠覆了我既往的认知，如同一个人先前只看到一个潇洒前行的背影，却没有转到正面，看到他备受摧残的容颜。

赵孟頫的不快乐，大概是从程钜夫奉元世祖之命搜罗江南隐逸开始。他觉得自己跑不掉，是永远跑不掉了。他得继续在元朝廷里当官，让当官的日子一天天过去。

易代之际，最难将息。这个说法似乎没有什么过错，但要看对什么人来说。有的人无所谓，改朝换代干我何事，照常日出而作日落而息，饥来食困来眠，俗常日子并无不同。可对于赵孟頫来说则不同，作为宋王孙，他就不自由了，想做的无从做，不想做的却成了日常。如果不是有诗这样的形式，也许一个人内心的真实感受就烂在肚子里，永远无人知晓。

我一直认为《至元庚辰縣集贤出知济南暂还吴兴赋诗书怀》便可以探尽赵氏苦痛之源：

其一

五年京国误蒙恩，乍到江南似梦魂。
云影时移半山黑，水痕新涨一溪浑。
宦途久有曼容志，婚娶终寻尚子言。
政为疏慵无补报，非干高尚慕丘园。

其二

多病相如已倦游，思归张翰况逢秋。
鲈鱼莼菜俱无恙，鸿雁稻粱非所求。
空有丹心依魏阙，又携十口过齐州。
闲身却美沙头鹭，飞去飞来百自由。

诗的首句就石破天惊——一位文士对于京国五年的蒙恩非但不感激，还满腹怨叹，认为是一种失误。在俗常人追求的指标中，仕途是首选，为这个指标而屈己徇人、干禄祈进，往往倾尽家财跑遍关系，成为常态。赵孟𫖯并无意于仕途上行走，不管如何处庙朝高位，钟鸣鼎食，他还是认为自己误入罗网了。五年忽忽过去，还有多少时日需要煎熬呢。为政疏散慵懒，叹其漫长无端，把一个人的情调都扭曲了。按赵孟𫖯直陈，伤害是非常大的："向来豪气消磨尽，空对年光浪自惊。"他还年轻，却暮气弥漫了——一个人不能任情性为人、为事，犹如辕下驹，俯首羁勒，何以堪。又是秋高气爽时节，他不由得想起同为南方人的张季鹰，那时张在洛阳当官，看似习惯了，见秋风乍起，还是不由得思念起家乡的美味鲈鱼、莼羹，不能自已，转头辞官回到苏州——这真是一个直率果断的官员，为了美味而有如此行为。后人不断地引用张季鹰的例子，其意义已远远超过鲈鱼和莼羹之美，而是提出了一个人在心灵困境中如何疗伤和解脱的方法，鲈鱼和莼羹虽然比不上官职、地位，但一个人的精神、情性的鲜活，不会只停留在俗常的认识上，而是出人意料。但是四海之大人群汹汹，又几人张季鹰，几人如此真率。秋风残照中，赵孟𫖯想起张季鹰，眼前似有鲈鱼、莼羹。可是，他也只能有这么一个念头了，任年年秋风吹老。

读毕想想，这才是赵孟𫖯最大的愁烦，挥之不去。人如同陷入泥淖，拔不出来。心病郁积成大，沉重无比。如他这般蹑高位者，处优履闲，愁烦理应比草民少得多。当然，草民的愁烦多几许，也不是他能体验的。只是有的愁烦可以纾解，纾解之后，这些红女、田畯、牧子、担夫还是很开心的，咀嚼自己的一点小欢喜、小狡黠、小隐私，几碟小菜，一壶浊酒之后，安然入睡。

赵孟𫖯的愁烦属于无法纾解。反复试探无望，最后就成了死结，横亘心中，使他在日渐清寒的秋夜难以入梦。听着户外风吹雨滴，鸟鸣虫唧，只好坐起来，茫然四顾。"如何当秋夕，怆恍令心悲。"秋分过后，夜渐渐拉长了，对于嗜睡的人来说，不啻上天赐予的一份福利；对于不眠的人来说，则是寂静的拷问。对于敏感的文士来说，伤秋永远是一个必须碰触的题材。秋意肃杀，金铁皆鸣，草木零落，山川寂寥，能不伤乎。如刘梦得那般"自古逢秋悲寂寥，我言秋日胜春朝"的人本无多。就是神色飞扬不可羁囿的李太白，笔下也都是黯淡："乐游原上清秋节，咸阳古道音尘绝。音尘绝。西风残照，汉家陵阙。"他和整宿整宿不安睡的赵孟頫的相同感受就是空空荡荡，心头骤然抽紧。一个人在本该安息的夜晚兴奋起来，思绪如潮水冲刷，"展转复展转，寤辟不能寐"。那么，起来作诗，也只能如此了。许多诗都表达了不能安睡的苦闷，这真是一个难题。"徘徊白露下，郁邑谁能知。""孤客睡不着，乱蛩鸣更多。""夜久不能寐，坐来秋意浓。""念子已独寐，无人相与言。""披衣步中庭，仰视河汉白。""隐忧从中来，起视夜何其。""兴逐秋风发，愁随秋夜长。""雨声滴夜清漏长，朱帘金幕浮新凉。"这些关于不能入睡的记录不断延长着，没有尽头。

诗的意象是我时常喜爱琢磨的，向上的向下的，明净的蒙翳的，看到情绪宣泄的指向。意象是人生境况的一种体现，诗人通过意象的集中建立起属于自己的意义世界，透露出一种隐喻性和暗示性。赵孟頫诗的意象，在我看来是阴森的、黯然的、残败的——悲风、寒雨、哀吟、惆怅、孤鸿、边声、离忧、残照、凋伤、迟暮、惨淡、破屋、乱蛩……毫无疑问，这些意象有一种相互追加的力量，向下坠落，落入深渊。如果没有这些意象的敷陈，有多少人能知晓这位文士的伤痛？每个人都是独异的，往往他不知你，你不知他，自欢，自悲，存活下去。

如果找一位前朝王孙来对比，可以是朱耷。这位朱明王朝的后裔，在明亡之后，开始了在清王朝里生存的里程。如果说后人对朱耷好感多了，也是缘于他对清政府一直持有不屈态度，守志节，思故国，除了不仕，还佯疯佯癫，自署驴、驴屋、驴汉、个山驴，似乎有意糟蹋自己，扭曲自己，显示出与这个世界的格格不入。相比于赵孟頫，朱耷算得上一个有故事的人，或癫或疯，醉酒长啸，疑真疑幻，也真做得出来，就像石涛说的："有时对客发痴颠，佯狂索酒呼青天，须臾大醉草千纸，书法画法前人前。"的确奇怪无常。非奇不传是俗常传播的真理，一个人敢拉下面子，装疯卖癫，时道时僧，忽醉忽醒，真可谓不管不顾。人如此，字画亦如此，朱耷笔下的禽鸟，独脚的、缩脖的、白眼的、畸形的，时时可见；书法则由秃笔为之，蜿蜒蛇行寒藤挂壁，都是清冷意。这般表现拉近了人们的好感，以为落魄王孙具风骨重道义，虽不能以死殉志，却能以失常怪异来应对，真志士也。赵孟頫是做不来朱耷这一套的，他具有文士的那份矜持、斯文，恂恂儒雅甚讲礼数，加上他相貌丰伟，谦谦君子，打死也不会循怪异辙轨。那么，后人拿赵孟頫出气，也正常得很。

一个人以何种精神状态处世，实在是太私有了。只是自古以来，精神怪异者总是倍受人津津乐道，为他们反常行径喝彩。譬如怀素，为僧而好酒，醉后喜于酒徒辞客满堂时狂肆挥毫，何曾僧人安和之状。赵孟頫是没有什么笑料可资传播，从元代到现在，被人看媚了，看坏了。如果不是学习书法要遭遇他，知道赵孟頫的还真不多。

我对赵诗的倚重要远远超过对他书法的好感。这和我悲悯的倾向有所关联——就像看影视，那些血淋淋的场面我都会细细看去，而不会不忍细看。我觉得赵诗中也有不少这样的场面，在秋夜里狠狠地摧毁着他。如果说一个人的精神成长过程中一定会领受创伤，那只能像树木那般，带着创伤生长，成为参天大树。王羲之有伤、颜真卿有伤，苏东坡也有伤。只是和赵孟頫相比，小小伤罢了。作为易代的旧朝王孙，当时的人与后来的人，似乎谁都可以对他提出对亡宋承担道义、砥砺节操的要求，恨他不能成为斗士。

其实，赵孟頫只是一位寻常文士。如此而已。

依旧骎骎向里行

　　牙齿的缘故，和牙医生的交往多起来了。记得有个古人说牙齿很硬，舌头很软，终了舌头完全无损，而牙齿却掉光了。他的意思是说柔软比坚硬更能持久——这当然是哲学家的口吻，可以应对世道人情。为了不让牙齿掉光，每个人还是要倚仗牙医生的。少年的时候没有这个感觉，是很后来才悟到了这一点，不敢把齿中有道目为小道。给学生说美学时，总是强调假的不美，唯真才美。待到门牙丢了两颗，他才知道这种说道用于课堂，却并非通用。如果一个当老师的门牙缺了两颗，说起话来总是唏唏地漏出风声，虽然很真，却如何也说不上美，待到牙医生相助，弄了两颗假的替代——这时，他仍然说着真美和假丑，心里头却想着，假的也挺美，既洁白，又挡风，说起话清楚多了。便有点想笑。

　　牙医生们每天的工作就是对着无数张张开的嘴巴，有的是旧日相识，有的则是新面孔。不论地位高下，牙医生对嘴巴的要求就是张大点、再大点。如果手术要做一个小时，那么这张嘴就要这么长时间都张开着。平素，没有一个人会把嘴巴张这么久的，往往是话说完赶紧闭上，生怕不该讲的字眼进了出来，那就麻烦了——闭嘴的时间远远长过张开的时间，这个与生俱来的设计一定是为了预防什么。可是现在，牙齿有恙的人躺在手术台上，嘴巴张得老大，任铿锵的工具轮番进出。一位资深的牙医生在操作，身边是他的学生们，众目睽睽地盯着这张嘴的内部。一个青年牙医生此时面对张开的嘴巴，如此十几年、几十年过去，他就成了齿中好手，足以在这么小的空间里展示娴熟的技艺。小嘴巴，大乾坤，我想这个道理是说得通的。

一个人复归平静之后，会想到已经过去的经历。经历绝对是个人的，毫无苟且的。为什么一个人会成为牙医生，和坚硬的牙齿打交道，把它们拔出来，种上新的？是当时读医科大学时偶然的念想，还是因为听从分配顺了这个方向？就像我原先想读哲学系，后来读了中文，慢慢就不想再变更，觉得也没什么不好。就像美国作家卡佛说的，他是靠直觉模模糊糊地写作的，大抵知道自己往哪里走，后来反复磨砺越来越好。他觉得这个过程就是一个发现，不忍释手。

我倾向于每一行都有他应对的对象，牙医生应对的就应该是张开的嘴，无数张开的嘴使他有了施展的对象。加之仪器的助益，也就越发精湛。这时就会发现应对不暇，越来越多的嘴巴朝他张开着，希望他执器械在里边驰骋。有的人的一生就是如此度过的，尽管空间这么小，却足以安人之一生——我们对于生活、事业等的需求，往往落实在小和充实之上，足以创造与展开。

在这个城市我搬了好几次家，每搬一次就要重新熟悉周围的一切，说起来都是不同的体验——空间、人群、行当连同气味、声响。在那个新村我住了几年，周围是一个陵园、一个疗养院、一个监狱、一个传染病院，说起来挺有特点。和我有联系的是一对夫妇开的收购站，我把寄来的书籍、杂志、报纸还有很多作品集，在看完之后都卖给他们。有时我也在他们店里翻翻别人卖的书刊，站在那里看一会。女主人就会说："你买回去看吧。"她说了一个贵得要命的价钱。我说一进一出相差这么多。她就不吭声了。往往店里装满了，夫妇二人就整理清楚，装在一辆货车上，运到我不知的地方，转卖给别人。平时他们在店里就做一些合并同类项的事，争取更大的价值。男主人经常坐在店门口敲敲打打，把铜线从塑料管里抽出来，或者把某个电器值钱的东西剥离下来，边做边看来来往往的行人，听着买菜讨价还价的声响。日子一天天过去，店里的东西满了又空，空了又满，反反复复。两个人永远是平和的，女主人在里边坐着，靠着墙，看一台常会飘出雪花的黑白电视，男主人总是在门口敲打，准时开门、关门。

每个人都要找一个事来做做，至于其中意义有多大，我看没有什么好寻绎，只是过日子。就像这个男主人敲敲打打，有人可能认为太浪费时日了，完全可以做点别的更实在。各人想法之间都是鸿沟，还是自适其适最好。在和我的交谈中，他们从未对以后的生活有什么期待，也不抱怨。最常说的就是报纸、杂志的收购价降了，又降了。在我翻动他店里一大堆文本时，看到了一本女中学生的手写日记——一个人把她的日记连同教科书都卖了，肯定是告别那个时段进入了新途。女主人说："送给你。"这是他们唯一的馈赠，对于我这个没有中学经历的人来说，这本日记使我感受到了一个中学生在几年间的担心、焦虑、苦恼，如此真实。

后来我搬了家，越搬越远。但凡顺路，还是会把看过的书、作品集、报纸捆绑清楚，开到他们的店门口。不过，这一次来，门脸已经全然不见了，几个工人进进出出，快手快脚地搬着装修材料。我打电话过去，是男主人接的，他说做到现在这个年龄不再做了，要休息了。最后他说了一些感谢的话，说我这么多年一直不忘他这个小店。我开着车子，掉头回去，想着这一对夫妇的几十年，就是做这么一件事，收购进来，再卖出去，如此反复，平淡如水，使日子渐渐过去。几十年来发生多少事啊，可那又怎样，仍然要买进卖出，合于人生的存在经验。这也使他们很日常，很实用，合过日子之轨范。我脑海里浮现出老板娘和来人有一搭没一搭地说话，男主人总是敲敲打打制造声响的场景——生存的常态是可以这样的，就像一出戏，启幕时是两个人，谢幕时也是两个人。

只不过我见不到他们了。我那通电话的最后，是请他们保重。

如果是晚间，要写字了，我还是会把窗帘拉严实了，让外边的目光透不进来。尽管外边不可能有目光。我还是践行了这个动作。前人在旷野中发明了有阻隔意义的物品，开始是鹖冠子的一叶蔽目不见泰山，后来发明了墙、门、屏风、帘子，一个轻轻的动作，就把窥视的目光挡住了。帘子拉上后，里边的人安心许多，外边的人就是火眼金睛，也徒唤奈何。这时我倒出墨汁，把笔濡湿，按心中所想，写一些文字。一个人做一件事久了，就有自己的一些戒律，宜与不宜，不形成文字，只是心中有数。其实，一个人掌握了某些本领，形成一些共同的规范，可真正起作用的还是那些自己的小秘密，只能说每个人都如此，才好向前。

有时，我和人谈起，在几千个汉字中，有几个汉字可谓克星，总是写不好，旁听的人以为无稽，按他们的认知，一个人做一件事几十年还没做好，着实奇怪。

如果是超人就好了，笔下绝妙，让人看不出一丝破绽。如果不是超人，笔下就一定会有瑕疵，让敏锐者发现。这也使一个人越往后越缺乏把握，指腕发抖，目光呆滞，纸上的字忽大忽小甚至晕化一团，不禁使人生出逝川之叹。贝利曾经认为最好的球是下一个，书写者未必敢如此说，因为书写从来不是今是而昨非的事，纵使年轻时有桑弧之志。这和波德莱尔笔下的信天翁一样，它在虚空的天际不愧为飞翔的王者，可是累了、衰了，落了地，巨大的翅膀搭拉下来，让它连行走都有困难。一些写者，写到最后的文字简直都不能看了，各方面都在大踏步地撤退，只是因为有名气、有年龄在，还不时出现于报端。我年轻时见到这样的文字时，认为见好就收是生存的最好原则，为什么不封笔呢？一个人为什么不停下来，这显然是一个私有的问题。我的理解是——因为这个人对他所热爱的这一行不能放手，他的精神、情性连同动作都在这上面，乐趣有如潮水，一直把他推到晚年，尽管笔下歪歪扭扭，还是写去。

乐趣，似乎就是贯穿到终了的一点力量。

现在，我似乎也是凭乐趣在重复书写的动作。每日面对砚池中黝黑的墨汁，旁边是这个碑或这个帖。我不喜欢很广大的面，面太大了，语言魅力、结构形式都难以深味与收拾，免不了散沙一盘，不如狭隘一点，真正理解古人一丁点儿心思。这些心思藏得很深，开始以为晓得了，后来才知道是错的——古人是不至于那么浅薄的。特别是一些细节，让人感到体察的艰难，总是会有一次次地自问，还能写得下去吗？还好乐趣及时地支持了，不着急地阅读和思忖。我是个少与人交流的人——书法家在一起时都谈书法以外的话题，这些话题让大家都很开心，笑上一阵。至于书写，觉得无甚好说，没有哪一个对象和真实的自己认知相符，还是彼此相远，各自去做最好。乐趣的存在使人停不下来，这也是日常生活为什么会向前的原因，琐屑的乐趣是长久不泯的。我想起有个学生寄了一台割草机来，让我像一个机械工人那般驾驭，免去拔草之劳。面对一堆零件，我动用了以前当机修工的手感，把它安装起来。安装已毕是正午，热浪逼人，我还是按捺不住，到园子里实践了一回，看疯长的野草被瞬间横扫，想着乐趣来时真是抵挡不住，快哉快哉！

能将一件事进行到底的大都是独自为之的，就像拔牙，一只手就够了，不需几个人共同用力。大脑是自己的，指腕是自己的，也就分外畅适。每一个独行者一以贯之的行为，都充满了乐趣，只需一直做去。就像写文章，写得好也写，写得差也写，不必顾及旁人的感受。正是这样执着使庸常生活有了一个方向，并且固定下来。

总有一种感觉难以言说

父母在的时候，我有时想一些家族的问题，譬如上一辈又上一辈的某些琐事，完全可以请教他们。但那时没在意，也没问，时间就过去了。后来动笔时又想到这些，已经问不到了，成为秘密，他们给带走了。这类现象只能怪我自己没抓紧，本来可以解开，如今成了死结，无从解了。世上的大事小情都有两种结果，弄清楚了，弄不清楚了。那些弄不清楚的，主要是细节没了，只好自己去胡乱猜测。其实父母也有如我这般的困惑，也有很多不明白的，一代一代的事积到最后都是糊涂账一大本——上几代前辈的尊姓大名都不知晓，更不说还原当时的生活经历。这方面我很钦佩传记的写手，他们写的好像自己亲历一般，写到如此之细。后来才知道他们首先是史料查找的好手，东鳞西爪地找，最终串成长龙一条。平民是无史料留存这一说的，当时就是蝼蚁一般地生存，卑微之至，没有进入纸本的资格。后来我就囫囵一团去写，绝不细说。文章出来了，也没有人说正误，不清晰带来的神秘反倒更让人去猜度，世道、人情大抵都是如此。

后来的人认为是怎么样就怎么样。已经远逝的那些长者去了另一个世界，根本不会分辨这些与他们有关的文字是否严丝合缝。我读《京华烟云》时，觉得这名字取得好，所谓"烟云"，就是很多人事在烟云背后。烟云弥漫，永远地把秘密隔离了，让人在看不透中忍不住琢磨不休、争论不止，尤其是细节，永远无法叠合。这里边生出的许多误差，反倒是个人化的标志，足以让个人珍惜。

雅集的时候，这位从外地回来的学生也到了。我让他坐下来，谈谈外边的事。他总是在外边走，出国潮兴起时他去了日本，边挣钱边习练书法，两方面都没有耽误。回来后又往北方走，继续挣钱与习练书法，算得上有艺术情怀的人。我以为他会一直在这个喧闹的城市里，交结朋友，开拓事业，和这个城市融为一体——他的禀性中有坚忍不拔和柔软如丝的特点，对于提升俗世生活无疑是很优良的品质，但是他却回到这个小小的县城来了，不再出走。他的眸子不再像以往那么清澈了，笔下的书法也有点沉闷，没有舒展开来。快到聚餐的时候他突然要走，说奉了道，也吃素了。后来又相遇了几次，他谈到了几个著名的道观拜师，自己读的一些道家经典，他给我看的书法就是临写的褚遂良《阴符经》。我觉得他说了不少，都是可以量化的，那些不能量化的没有说出来，诸如，如何由很入世而奉道、谢却肥厚之味？我想他是很想告诉我的，但这些关捩难以言传，是当时的一种感觉，就成现在这样了。真要努力说出来，反而离真切更远。相信每个人都会有表达的艰难时刻，这样的时刻不是一次两次，而是很多次。和上个世纪相比，人的自主成分要大得多了，组织与个人，个人与个人，没有谁一定要向谁交心，以前时兴交心，真能表达成功吗？我一直怀疑人是不太可能有这个能力的，真能倾吐出来的可能都是皮毛，甚至就是伪情怀。那种打破砂锅璺到底的执着，使人看到一种穷追不舍的粗暴，我相信这类的期待，终了都是徒劳。在人的内心深处，有些东西是永远掏不出来的，只能自守。

红木家具大行其道时，名贵树种的经济价值进一步让人感到了高贵的分量。如果是一位善感的文士，他会惊叹树种的独特以及剖开来那曼妙的纹路，寻常树种何尝有过？尤其是它需要大量的时间，等待生长。树要等待，人更要等待，美感随时日过往而递增。而如此精于计算，则会发现它的实用价值，宛如神木。每个人都可以从自己的识见生发，获得很多联想。的确，这些老木头都从远方来，甚至是无意中扒老屋时在梁上发现的。当时的人以为寻常，不知它们的内部如此异常，便做寻常之用。现在，根据材质大小，随类赋形，做成一些明式的八仙桌、太师椅、博古架、平头案。在这些精品面前，每位欣赏者都不吝伸出手来，抚抚那如小儿肌肤一般的细腻。素形素工，线条清畅宛转，延展中流露出优雅。木料自身具有的坚硬奇倔的风骨，让人觉得疏朗中绝对可以承载重量。这个世界上，复杂的玩意儿好弄，简单就难，简洁就更难了。一棵棵的紫檀、红酸枝、海南黄花梨在能工巧匠的设计、裁斫下，成了大大小小品相不一的成品。每一件都有同样精致的标签，表明材质、器物名称，还有清晰的出售价格，这些使观者心知肚明，好决定是否拥有。我提出看看仓库里的原木，看看未被细致裁斫的模样。这个要求是多出来的，好在主人乐意，还是叫人打开了仓库。迎面而来的就是这些精美家具的前身，蓬头垢面抱朴守素，尽是寒瘦苦楚之色。尤其几截金丝楠的树头，突兀奇峭，让人想到一棵树不死不甘的神色。不识者绝对想不到毫不起眼的外表下，包裹着何等的品质。记得刚才两张金丝楠圈椅进入视线时，小伙计一下子抽掉垫子，让灯光照在上边，椅面上顿时黄金波澜一般地浮动追逐，使人以为贵重之至。现在面对带着泥屑的树头，锁在仓库里，无大巧而有大质，无大饰而有大气，不囿于简陋，不馁于天时，只是无声长去，穿过百年、数百年时日。如果就此放着，也就无用，不能进入千家万户，被人夸耀。如果是追求无用，就这么放着也好，它们未被雕琢，被称为原木，比起完成的家具更有生命感，还有许许多多的可能性在前面。从这里开始，想到一棵棵活生生的树、一片茂密的森林，平庸的、高贵的种类，各有空间，仰承雨露。里面万千生物，无数声响，潮湿高温，生机勃发。密林深处的那些隐秘，决不会比人世稀少。不过，仓库的门很快关上了——主人还是希望我们回到原来的欣赏的轨迹上，沿着他既定的思路走。

　　不过，比起刚才见过的那些精致细腻的美丽，我还是放不下这些未尝修饰过的容颜。

　　平时我会读一些古人文论、书论，觉得六朝人所论，还真和其他人不同。除了诗化、陌生化，就是朦胧、模糊，不是一刀一刀切成条缕的，而是云形的雾状的。这和宋人米南宫的表达大有不同，米南宫的表达关注俗常人的智商，以某一种惯常的食物来作喻，使读者舌齿相应，大抵知道怎么一回事了。譬如他在不长的书论里几次如此说："勾勒侧收笔锋，笔笔如蒸饼。""作圆笔头如蒸饼大可鄙笑。""今见其本，乃如奈重儿，做蒸饼势。"啊，蒸饼，还是蒸饼。我想，这是很贴近生活的一种比喻了，沾滞于实物，可抚可食，一读可知。六朝人异于米南宫的是不如此落在实处，而迥出意表别有幽怀。梁武帝说："徐怀南书如南冈士大夫，徒尚风轨，殊不卑寒。袁崧书如深山道士，见人便欲退缩。张融书如辩士对扬，独语不困，行必会理。"与他同时的袁昂也说："曹喜书如经纶道人，言不可绝。梁鹄书如太祖忘寝，观之丧目。卫恒书如插花美女，舞笑镜台。"这般比喻如此之多，使人觉得离蒸饼远了，挑战人的情商又近了——它瓦解了我们阅读时的自信，不知道自己能否弄清楚他们所指出的一个大致。喻体本身就是难以言说的——六朝人何等聪明，明知对一个人的书法艺术难以直陈其美或不美，便启用了比喻，以一种生命比喻另一种生命。我总是认为一件书法作品是一个生命体，不管是刻于龟甲铸于青铜，还是写在竹片、布帛上，生命就隐匿于其中了，甚至它要长过写下它的书写者的生命百年、千年。就像有人问我敦煌的那些经卷残破不堪还能传多久。我只能说永久。这些无名氏如晨露早已消失得了无影踪，写下的经书还让后人礼拜，这就是不灭的生命。世上没有两种生命是相同的，六朝人找了这个人、那个人来比喻，全然是凌空蹈虚，落实不下来，在一个广大的时空里，像潮水一样漫过，像湿气一样弥漫，让人感觉到了，却不能确定二者就严丝合缝。时下常听人说到位，到位肯定是抵达了量化的要求，从而得到赞赏。六朝人的本意就是不想到位，生命与生命的相互迷恋不是靠准确的对应关系来维持的，而是仿佛如此，约略如此。生机如此丰富，一个人在书写时，他杂糅了自己此时的背景、文化、经历、情性等多重的隐秘力量。就像传为苏东坡写的《功甫帖》，九个字，也融入一个人的全部信息，支持着人运用感性和抒情，作出一些诗意的阐释，即使离题万里，也颇有一种不受羁囿的快意——在这些如此简短的书论句子面前，我看到的是无边的广阔，任个人理解纵横，夸张了、虚饰了，或者扭曲了、错舛了，说起来都是个人很有自由度的恣意延伸。

有人来，带了一卷大笔纵横的草书，让我一幅幅看去。我看了几幅，叫他收起来，说："不错，不错。"来者显然不满足，以为我搪塞他，最好是掰开揉碎了细说，说说用笔、结体、章法，最好再说说墨法、字组、字群。我看着他，觉得他正挑战我最薄弱的那个部分。如果是楷、隶、篆书，我还能勉强从一幅之中挑几个字出来解读，毕竟这几个书体都是块状的。而草书则是一道瀑布飞流直下，一以贯之，谁也不适宜抽刀断流取出其中片段。有人把《兰亭序》里的二十个"之"字挑出来细说，可以说上好几堂课，我是觉得行书如此说道，已经危险。行书如人之漫步，笔下已有穿行之意，更不待说草书闪电雷霆一般。当年大唐的酒徒在老历八九月天气凉下来的时候，聚在一起看怀素书壁，除了节奏骤雨旋风，还应和着他的连连怪叫，真把在场的人镇住了。如此乘意气而疾行之作，又如何可以从中挑出一点一画、一字数字来品评其所得所失。《廊桥遗梦》里的罗伯特·金凯德说得透彻："分析破坏完整性。有些事物，有魔力的事物，就是得保持完整性。如果你把它一个部件分开来看，它就消失了。"一个外国人有如此高妙的审美意识，真可以来高校当书法教授了。我和罗伯特的看法是一致的，这也使我在给人看草书作品时，执着于气长气短、势强势弱这些大处，而不涉其琐屑。世上有不少不可说之事物，只宜于意会，草书算一种吧。草书的书写使人暴露了自己状似癫狂的时刻，如清人马荣祖说："突兀潮来，千起千落，欲觅一隙，不容捉摸。势如飘风，翻舞秋箨。我闻公孙，浑脱挥霍。颠倒离奇，吞吐喷薄。一起落耳，万怪竞作。"

一个很斯文徐缓的人，衣袂飘飘，婉约平和，如果不是草书，他突兀惊乍的那一面，永远都是深藏，看不到的。

在我长居的城市，真正的秋日景致也是看不到的——从我楼上书房看不远的那座山，永远是草木葳蕤，绿意连云。如果碰得巧，在晚秋的北方开会，我会分出一些精神，为秋日腾出一点审美的时间。人在夕阳的余晖里，看到秋风吹落了最后一片黄叶，唯留枝丫，突然觉得春夏是可说的，而秋冬则不可说。春夏的极力扩张，把所有的欲念都挤到外边了，视觉是充盈的，听觉是嘈杂的，犹朝歌暮舞、弦管填溢，少矜持和含蓄了。北方的秋日是一年的下沉阶段，什么都是往下沉的——黄色落下来了，寒气降下来了，阳光的热度被秋风吹瘦了，暗下来的时辰一天比一天提前了。在没有深秋到北方的日子里，我主要还是通过读古人的秋山秋水图来寄远。优秀的作品往往都是这样，笔墨不必很多，更非浓墨重彩。画家把难言之意隐藏着，在荒寒、萧疏、空幽、岑寂的画面里，让观者永远吃不透在暗示什么、象征什么。我说的是元人倪元镇，总是有点染不完的秋色、痴迷不尽的秋意、发散无休的秋愁。山枯石瘦、枝叶苦涩、空亭夕照、断桥无声，浮动着怀抱自伤惘惘不甘的气味。这些情绪从画面大量留白的空间里飘散出来，淡如丝缕。倪元镇就是这样，那些不动笔墨处大量地空着、白着，无限广大，似无所有，也就在每一位欣赏者面前展示了一个不可确定的背景，足以隐藏无限的感觉，安放无尽的情思——一个人在纸上描绘，却不愿多施以丹青，吝惜地省着用，宁可虚，不使实；宁可无，不使有。一个人如此爱画秋日，在这个下坠的时光里，他的秘密很妥帖地放了进去。秋日过了是冬日，这就要说到朱耷了，在寒冷的冬日里读他的画，也就更生出冬日的寒气来。世道衰微、人生衰微，尽管不能与绘画全扯到一起，但我还是相信一幅画、一幅书法都是情性的储存器。朱耷一定是透心的寒彻，才下笔如此——总是有一批不正常的禽鸟出现，缩颈的、拱背的、单足而立的、翻白眼的、瞪眼的、眯眼的、闭眼的，冷漠孤傲。后人以朱耷为范，固然可以，但我揣测学好估计都没有什么可能，皮相而已。

我这么揣测可能让人不快。常人在冬日里都会落俗套地想起春天还会远吗，但是对一个没有春天可以期待的人来说，朱耷无从知道春天来时的美好，正如他无从告诉你，一个人常年浸泡在冬日里，寒冷有多么深刻。

人的智力在不断发展着，开始是写实的，后来就写意了；开始是敞开的，后来就敛藏了；开始是付诸言语的，后来则需感悟了。小学读本里的古诗大抵属于前者，以量化形式让懵懂孩童尽快明了——"一去二三里，烟村四五家"，如此这般传达，可以欣然接受。而越往后，人长大了，识见多了，意义就要由符号来传达了。符号有解释的潜力，谁掌握了符号，谁就可能对意义追寻——一个人和符号距离远近，完全可以感觉到不同的归属感和疏离感。譬如没有掌握草书符号的人，面对一幅黄山谷的狂草，不是在解读时掉进坑里，就是一脸无奈，像在一堵玻璃墙外，看得见里边的动静，就是进不去。如果符号升级，成为密码，那更是人与人智力的绝高博弈了。很高的数学天分，很孤独的破解信念，此时我已经视他们如同超人了。的确有这么一些超人，面对不可言说之状，就连晚间做梦，也都是连缀一团的数字。就像我们有一个朋友在大学里研究密码，和我们是同事，他可以和你谈天下事，大到图王定霸，小到巷说里谈，却绝口不谈密码。他无从说起，你也无从明白，这样的事，文科理科都会有。我在给学生讲书法语言的感悟时，顺便提到了李义山的《锦瑟》，除了头两句可以放在低年级阅读外，是一些可以算计的数字，而后六句则可视为密码，奇幻、灵性、意识、潜意识交织，阅读的体验永远是陌生的，还有无可究诘的隐喻和象征，尤其晚间读来，颇觉神秘。我想传递给学生的，就是书法语言也当如此具有密码性质。可以是很抽象的，但置身于一个私人的记忆场域又是感性诡谲的。就是说，可以重组。

接下来我开始以繁体板书，重组《锦瑟》：

"此情追憶，一弦一柱，只是惘然。思當時，錦瑟華年，五十弦已。曉夢春心，迷蝴蝶，托杜鵑，莊生、望帝成無端。珠有淚，玉生煙，可待滄海月明，藍田日暖。"

很巧，下课铃响了。我说："没什么可说的了，下课。"

向　　虚

　　我从普觉寺门口跑过，它的大门一直紧闭着。退远一点看，可以看到大殿翘起的檐角，还有"法相庄严"这般巨大匾额上的字。朝拜的人从远处来，在关闭的门口停下来。其实他们可以选择其他的寺院，那里的门早就打开了。他们愿意到此，多年如此，就不想移易，以免生出一些事来。既然寺门不打开，他们就把篮子里的供品一一拿出来，摆好，按仪式来推进。尽管隔着厚重的大门，从门缝看不到里边的动静，他们还是一丝不苟，认为自己的虔诚可以把自己的心事传递进去。大门再厚重没有关系，物质的大门岂能挡住人的心情，他们觉得自己的身躯已走进拜庭，来到佛陀身边。

　　当我再跑过来的时候，这些人已经不见了，唯余灰烬。感觉就是如此奇妙，一定要来这一趟，虽然看不到摸不到，内心却因此满足，使回去的步履越发轻盈。

　　相对于实在，虚灵的更让人回味，觉得可以解读的空间实在是大。

　　一个住在市中心的人是不容易感受到地气之变的，处于繁华喧闹之中，即便是午夜，这个中心地段还是恍如白昼。由于久与暗色隔绝，人的视野特别清晰，一眼可知距离、分寸，心中多了许多笃定，甚至还要把窗帘做得厚实些，挡住外面执着进入的光。光亮让人兴奋，不能静下心来休息，特别是那些上下蹿动的光柱，使人心绪不宁，觉得世界动弹不休，急管繁弦一般。后来居住条件有了改善，逐渐远离中心，远离声响。这里植物茂密，终年青绿盈目，鸟雀营巢。由于水分充足，树木、藤萝生长迅速，光线渐渐被遮蔽。如果是阴雨天的晚间擎伞而行，就有一些荫翳之气。一些人把别墅买下之后再也没来打理，人气杳然，植物就恣肆无端，拊门攀墙，枝蔓张扬。晚风拂过，声响四起，有影子映在墙面上，恍恍惚惚。便使人自忖，是回去呢，还是再走一路，前面是更昏暗了。小区是很安全的，保安尽是血气方刚的青年，且时有巡逻车过，但一个人的心提起来之后，就不能言说安好了，喜悦和轻松都在消失，再走下去也是勉强，便觉得不必如此。在往回走的过程中，会渐渐有了心往回落的觉察，落到实处了而非提起晃动。当我在离家比较近的地方，看到了许多住家庭院清静，灯火可亲，内心便温暖起来。

　　是那些我们把握不住的地方，为无法确定的虚幻，生出了担忧。

　　以前我是很信任"敬惜字纸"这一说法的，觉得每一张纸都可以挥运于指腕之间，让人的精神存放其间。古人也有过"不择纸墨"之说，以为如此是最高境界——一个人不囿于纸墨的优劣，信笔挥洒纵横自喜，真是才子气息。后来年岁渐长，使我的想法发生了很大变化，我变成了一个很讲究纸墨的人，倚重于精良的纸墨而不再顺从"不择纸墨"之说。古人今人最大的相似是俗常人家的那些想法，吃得好一点、过得好一点，追求物质材料的美好。这也推进了我对纸墨的挑剔，有些纸墨我是不用的，因为试笔之后，手感分明是不舒适的。而很正宗的白色宣纸，羊毫在上边行走，迅疾有迅疾的情调，徐缓有徐缓的乐趣，心里微微漾起一丝一毫的喜意，觉得今日过得甚好。好笔也为我处心积虑地寻觅着，特别是小楷笔，要精而健，除了有人给我特制，更多的还是需要购买——一小撮动物毫毛和一支竹竿连在一起，居然要卖到那么高的价钱。什么东西都贵起来了，让人抱怨好纸好笔都价高得不像样了，可是对于人的喜好来说，再贵也是可以量化的，钱拿出去就可以送到家中。不可量化的是自己书写时的那种微妙美感，无从与人言说，只是一种私享、私觉，虚得很，却能于此断定当时认为纸笔昂贵是太世俗化了，有如此私享、私觉的喜悦萌生，完全值得。写字时是黄昏，我从书房往外看山景，夕阳西下，茅草飞扬，岁到秋寒时，人不免有几分窘迫，总是要有某一种形式来托付。向实背虚或向虚背实，都可。

范进是我用来说明问题的一个旧日文人，他一根筋的务实功夫，使他成为典型。他赴考二十余次，直考到面黄肌瘦，花白胡须，头上一顶毡帽，还是破的。即便如此，还是欣然赴考，直到如愿。每个人都有自己的基本追求，想出人头地，降到最低的要求，就是不愿让人小看。有这样的念头，赴考到老也没有什么不可，也是不应成为嘲讽对象的。范进居丧期间，汤知县请他吃饭，他百般推托未果，也就应了。他举箸的第一个动作，就是从"燕窝碗里拣了一个大虾元子送在嘴里"。当年我的古典文学老师还分析了这个动作，范进又因为吃进一个大虾元子被嘲讽一次。痴迷科考、吃一个大虾元子，都是一己之私，他的内心有多么喜欢，无从说与人听。我参加过不少葬礼，其中就有自己的至亲。葬礼之后丧家照例要在酒楼请参与者吃喝，不可简省，亦可喝酒。刚从殡仪馆出来的人表情已十分平静，甚至大声说笑，不必掩饰。佳肴上桌，山珍海味兼具，每个人挑自己喜爱的伸箸。丧家会沉重一些，但敦请大家多吃点，感谢大家，脸上还是露出了笑容。死者已矣，生者还要继续自己的里程，为什么不快乐一些？那种由丧之痛转换到喜悦，其实也很快。生存就是如此，要看空一些。即便频频伸箸多吃几个大虾元子，也不算什么。

文兄养有两百羽鸽子，其中优秀者可穿越江海获得大奖。人不是鸽子，没有翅羽，也就难有飞翔之乐。他总是于楼顶，看这些可爱的精灵起起落落，一边打扫鸽粪。他送了我不少鸽粪，施于果树花卉，也在讲授中弥补了我对鸽子知识的空缺。可以想见，把一羽鸽子握在掌中，它的柔软、温暖，还有略微挣扎发出的咕咕声响，都给了饲养者一种心疼。一种飞禽，被人冠之以"和平"，它的象征意义就远远大于这个肉身，无论如何说道都不过头。他把掌中的鸽子送出去的那个动作，要比影视里的做派优雅多了。鸽子是他养的，由小到大，这个动作就有难言的情感在内。影视里出现的那些鸽子，不是买来就是借来，被放飞的人如同一团抹布扔出。文兄以为日子就这般下去很好，可抚可视，天际湛蓝，群鸽如花瓣绽开。此时，他的儿子正闭门在房间里演算，他的趣好与父亲相隔遥远，志在破解一道世界数学难题。难题幽远抽象，没有边界，挑战着人的智慧与体能。他入得深了，便离大众遥远。即便讲给人听，也无人听懂。专业之专，就是一堵玻璃高墙，构成一个与人相隔的空间，里边堆满了数字、符号、公式，也堆满了静寂、沉思、寄寓。数学难题的破解是超人的工作，一生能解一题乎？终了我们所知道的是谁把某一道难题破了，至于如何一步步推导却从未刊出，因为这个世界上的人再聪明也看不懂。我没有见过这位青年数学家，他和他的父亲所思所寄相差太远，只有一点是相同的，都是源于自己的喜爱，一以实，一以虚。我对后者关注的兴致会更大些，他处于不确之中，可能有答案，可能无答案。如果没有答案，就可以无休止地持续下去，最后四顾茫茫，不见一人。

愁苦总是居多。三百篇中半是愁。清人李渔曾说自己自幼及长、自长及老总无一刻舒眉，后来倚仗制曲填词，才郁积消解。这也算是李渔的运气，抓住了这么一种文雅的形式，使自己在不快时，借此遣兴。我小时的记忆里，这些侨乡的老妇人大都是愁眉不展的，白天忙于家务，晚间歇下来，则泡在愁苦中。她们的丈夫早年到南洋挣钱去了——南洋，当然是一个泛称，大约指菲律宾、马来西亚、印度尼西亚、泰国、缅甸等地，我最常听说的就是吕宋、吕宋。开始的几年忙于打拼，辛酸之至，便无家书予家中。妇女在家中事公婆、子女，在期待中度日。相隔重洋无可问询，便都郁积于心里。最常见的是跑向海边，问海。涛声不解离人意，满腹愁思终不得解。幸运者在分别几年后收到了丈夫的来信和银钱，这一天是这个家庭的幸运日，全家开怀，到菜市场买一些鱼肉，放开肚子饱餐一顿。消息很快传开，使一些有人在南洋的家庭主妇，羡慕之至。晚间老妇人翻来覆去地摆弄家书，白天请人看过了，没几个字，她都能背下来："吾安好，汝勿念。""家中诸事是否还好？有无大事发生？"文字质朴，毫无藻饰。老妇人开心一个礼拜又开始期盼了，时日无声过去，复又愁云上脸。那张薄薄的信纸，被她打开折起数次，都快断开了。世道憔悴，人生也就憔悴。后来，可以解忧的家书就再也没有来过，老妇人八十几岁终于没有精力再等，只能不断地自问，在南洋那边的他，是重新娶了南洋婆，还是遇到了什么灾祸？为何不来信？为什么不回家？她是为了那封信而活着的，那寥寥几个字使她的一生都有理由把无味的日子过下去，不去改变自己生活的辙轨。

　　不能入睡的老妇人走到天井，仰望如水一般的天河，算了一下，八月十五就要来了，这个行船的好时光，会不会把他带回家来，明日到庙里用杯珓算算，就可以知道在海那边，那个同样垂垂老矣的男人究竟怎么样了。

　　这个省份由于多山多海，阻隔的障碍就特别明显，神灵因此驳杂起来。在信众眼里，神没有大小之别，只有灵与不灵，而人则分深信浅信。总会有人说哪里的神很灵验，并指出许多见证。灵异是看不到的，而以自身体验先证实，也就很有感召力——香火盛的寺院、道观大抵如此。临海人家信妈祖者多。妈祖由人而神，救溺海者无数，经过电视剧播放后的妈祖还能用外语言说，大大拓展了她灵性的空间。我每次上湄洲岛都融入摩肩接踵的人流，各怀心思，各生托寄。神灵永远是不动声色的，只是倾听四面八方的诉求。在一次活动中，主办者找了几个人主祭，我也忝列其中。在如此近的距离面对巨大的金身时，我都有点眩晕。每一个人都调动了自己从未有过的庄重和严肃，按司仪所说完成必需的动作。事实上，我是很不适宜这个仪式那个仪式的。仪式是一种强调、提醒，当然是做给人看的。仪式是有秩序的，逐渐形成一种不变的套路，譬如动作的接续、声响的规定，一套做下来，熟练的人毫无错舛。仪式使人心安，认为神灵可以从此见到一个信徒之虔诚，同时也接纳了自己的请求。

我几次提出，父亲应在家自己看看《圣经》，躺着看也行，并不需要艰难地到礼拜堂去正襟危坐。他是个有仪式感的人，并不采纳我的意见。

在我交往的人中，多病者，多不顺者，寄寓于虚无就多。由于虚无不可确认，也就让无助的人感到法力无边。就像才华横溢的古文士，也不太相信自己的实力，偶有佳作必惊呼"神来之笔""如有神助"。看不见的永远给人悬念和仰望，它无所不在，在三尺头顶。一个病人经人指引认了一个神，仪式每日做。后来又认了一个仙，也如此为。时日久了，神仙聚会。诸神充满会更有力量，这是基于人最基本的数学常识——神多力量大。凡出外，逢道观必拜，进寺院亦拜，至于各地神明，也都是他不可绕过去的。他身体渐渐保持寻常态，我觉得是精神在起作用，支持了身体的机能。他否认这一点，认为我一点不懂，只有自己才知道怎么回事。在俗常的日子里，每个人都倾向于把忧愁藏匿起来，甚至连亲人也不愿透露，诸如欠债、被骗、失业，忧愁是世间难以驱赶的，人间解决不了，还是说与神听。人们通常以祷告、跪拜这两种形式来祈求。前一种可认为是倾诉之姿，后一种则全然把自己放在最低贱渺小的位置上，跪地磕头，表达作为人的最虔诚心情。最终，有些人的愿望还是无法实现。在这个粗俗的世道里，常有人因为付出了却没有如愿而骂街。骂街是市井常态，有时骂得精美之至，堪称方言的集粹。可是少有人骂神灵——尽管神灵忽略了他来不及眷顾，他还是缄默无语，似乎神灵只适宜赞美。我看到了这种无形力量的巨大，人真不算什么。

　　佩服曾国藩的人不少。曾向来有齐圣贤之心，并以此来度自己一生，期合符圣贤之道。如他这般清廷重臣，真细读了他，也未必都认定他倚重个人的实践——在他的内心，还是有面虚托求的一面。他自称："余生平坐无恒之弊，万事无成。德无成，业无成，已可深耻矣。"那么，就有凌空蹈虚的一面，在给曾国荃的信中他写道："然则人生事无巨细，何一不由运气哉。"运气是看不到的，无从预期它的到来，如同天上的馅饼，不知何时落下，落到谁的头上。运气终于眷顾了曾氏一家，曾国藩成了重臣，是可以和皇上交流的那个级别。他的父亲是个小地主，此时也成了有头有脸的人，官僚来衙署上任，得先拜谒老人家。至于曾国藩之叔、之弟都是不可一世之人，博得"湘乡第一绅士"之称。像祭关帝这样的仪式，主祭者非德高望重者不可，当地却恭请不过三十岁的曾国潢。他得意洋洋地说："自问何知，而人人尊仰如此耶？"运气是浮动不居的，运气后来离开曾氏家族，便风光不再了。曾国藩处理"天津教案"上的失当，使人生不能善终，积年清望几于扫地以尽，过两年哀哉呜呼。有运当念无运时，所谓运气，就是一个节点，正好踩上了，却不可能成为某个信徒、某个家族据有的专利，无论如何深信。每个人对灵异所抱态度不同，生存的实在却是共同的，善于自全以应岁月，也就需要有个人的态度。我倾心于孔夫子之说："敬鬼神而远之"——鬼神是一个永远的话题，向来疑真疑伪，若明若昧，人之生也有涯，要做的正经事很多，没有那么多闲工夫来纠缠不清，还是怀持敬之心待之，也使自己心安。毕竟是两个场域的存在，离远一些就是。

　　我以为这般理解甚好。人生辛劳，真实不虚。不管是位居庙堂者，还是羁旅草野者，萌生一点向虚托付的念头也很正常。如果有飞来的运气，使平庸的日子惊喜异常，那真是一份额外的红利了。

写 字 人

不用电脑打字，还在坚持执笔写字的人肯定不会多了。到了此时，也算是真的爱好写字了。打字成了人在生活中的一种本领，打字是跟得上此时生活的速度的。如果生活速度继续加快，估计会有更新的打字机问世，应对加速。速度不是一下子提起来的，从李斯的篆书到张旭的狂草，中间隔了不少朝代，它慢慢提速，渐渐快起来。不打字的人就算是张旭，长时间下来也赶不上。于是会打字的人越来越快，不会打字的仍然执笔书写。如果会打字，就是打得慢，也只是量的差别。而不会打的，就是质的差别了。快者愈快，一年可以打出好几本书来；慢者愈慢，几年才写出一本书来。既然赶不上，此生就不赶了。

现在进入我曾经任教的大学校园，会有一些陌生感——我已经不在这个学校教写字了。想当年让教室里的每一个同学都站起来，犹如一片花色森林，都站着写，把字写大一点。有人学颜鲁公、柳诚悬，有人则学好大王、杨大眼。我通常讲讲注意事项之后就巡视般地走动，对张三赞许几句，对李四嘱咐几句，遇到问题比较多的，干脆从他们手中把毛笔拿过来，写几个字给他们看看。每个人的手感都是不同的，对于一个字，有人写得到位了，有人很长时间都不到位——既然是人的手，肯定是以差异展开的，要不就成了机器了。后来本科的课不上了，就上硕士和博士的课。对方水平高了，师生间就有了切磋探讨之意，研究如何写得好，又如何写得有个性，这些都是写字人百谈不厌的话题。想想古代人开创的用笔写字这个事，原来是大众化的，现在沦为人口不多的一些人在继承，也是觉得不妙。有人来问我为什么美院书法师资这么强大，不设立一个书法系呢？很多师资被我们甩下三条大街的学院都成立了。我只是笑笑，觉得这个问题不要来问教授，应该去问领导。教授和领导想的是截然不同的。就像我认为自己把字写好是最要紧的，人生不满百何须千岁忧。当一个人把自己爱写的字一个个写出来，几十年过去，无疑是欢悦无量。现在我对另一所大学的亲密程度更高，许多墙面上都被书法作品覆盖着——熟悉的气息就是如此，大量的墨气氤氲散发，让敏感的人嗅到久远的芳香，并延伸到一个个熟识的古人身上。我因此感到亲切，开始工作。我发现不少人离开原单位之后，多半是牢骚满腹，大抵是自己想的与领导正好相反，结果专业才华施展不出来。他们认为领导缺乏专业水准，又不能礼贤专家，于是就僵在那里。还好，有写字这点爱好，便径自写去。尤其一杆笔在南方文士手里，指腕是全然可以驾驭的，并做到清雅细腻。

　　比起三岁就执笔写字的神童，我是迟了两三年。可是我在会写字之后，就每日地写去，无一日空过，这也是我觉得可以拿出来说说的地方。至于写字在后来上升为书法，和艺术沾边了，又要成为一级学科，我并不觉得有什么。写字初始缘于它的朴素，只是想写得好看一些——朴素的想法是一个人建立可靠性的基础，全无粉饰，平和地做下去，就如同吃饭那般，持久不辍。和当年的少年同道相比，我只是想把一杆毛笔执好，而他们更多地在造句、作文中表达了对钢笔的热爱。那时是一种狂热，对坚硬、冰冷、铮亮的向往，它和柔软、温顺的毛笔正好是两极。一个在后来生活中发生变故的人能不弃一杆笔，现在想来，少年的心灵也是具有神性的，与过往的那些久远年代相通，和已经化为尘泥的古人交往。那时年龄正因为小，也就有古今不分、物我不辨的乐趣，写吧，写吧。

总是要有一些经历之后才可能透过皮表，品出一些称为气息的虚无之质。写字人各有方向，或心仪楷书，或法乳草书，气息肯定是与自己的情性默契的，并被引导着向深处走。后生好风花，老大即厌之——人至壮、老之年风花已经过于浅薄了，还是幽燕老将那般沉雄更经得起细品。不写字的人看字，看看字形字态好了，它满足了人对于外在的感知，写得很大的，写得很小的，写得很多的，写得很少的，便传递给别人，直说看到了看到了。有一些人则说不出口，只好沉默。可以言说的早已被人言说烂了，不可言说的若强行言说则纷乱无比——气息正是不可言说，痕迹在纸面上，气息渗入纸的深处。薄如蝉翼的一张纸，居然可以把千百年的气息贮存起来，并随年深日久而更为深重。时间从上方流过的长短不同，摧毁了一些字迹，使字句戛然中断，串不起来，无从猜度写字人当时在表达什么，也就显得更为隐秘。晚近的人，晚近的字，人离去未远，气息也就是另一种。善感的人依气息来断一张纸的身份，表面似乎是眼力在活动，其实是一个人的精神都振作起来了。至于为什么结论是这个朝代，而不是那个朝代，则不必说。博物院就是储存笔下气息的空间，卷起来的长轴如同一棵大白菜蜷缩起来，使那个爱写字的主人灵魂在里边沉睡。人的生命早已散尽，如果不是当时爱写字留了一些下来，穿过时间来到我们面前，我们永远无从分辨这个人和那个人的气息之异。如果有空，写字人总是会来博物院这类场所走走，不吭声，眼睛看着，心灵动着——我觉得都有一点调动自己能量采气的嫌疑。

对写字的人来说，自由程度那么高，可以这么写，也可以那么写，写了篆隶写行草，全在自个儿一念间。就我的识见，写字人大抵乐于自处，于室内，自己写去。因为选择了写字，就是选择了写字的自由。特别是对有精神洁癖的文士来说，喜散不喜聚，好孤不好众。实在聚合也是不得已，配合某些活动、任务，做给别人看，好像其乐融融了，实则恨不得早点收摊各自散去，回到自己熟悉的书房里——只有在那里，自己才算真正舒展了，手上的动作也畅快自如了。刚才在笔会上，组织者让他写的那个规定的内容，他一看就讨厌，俗气透了。自己从未有把它写下来的念头，但是，出来参加活动，也就要遵守活动的规矩，只好硬着头皮下笔。现在想起来，那八个字都没写好，简直就是一纸垃圾，却收不回来了。再看看其他几个写字人，也是一般般，至少，不够自然吧。自己在家里写，总是要写好几幅，然后从中挑一幅满意的——写字人也是要面子要声名的，不可随便。可是在闹哄哄的场面上就不行，谁都是一挥而就，很有一些现场感，洒脱利落，让围观者看到这些书写人不是等闲之辈。再孤高的人有时也要克己而配合外在的需求，应景徇人，这往往是写字人内心不快的。尽管，有的写字人的家里，写字空间很小，要写字，得先整理出一个桌面，桌面连一张四尺宣纸都放不下，只好写到哪里是哪里，推推搡搡，看不清整体的章法。后来，书房越来越大了，不再磕磕碰碰，使书写时自由度开张，有许多自己认可的作品都在这里写了出来。有时我并没有写字，只是坐在一张自己觉得舒服的绳椅上，看院子外的秋山，暮色越来越重了，四围也越来越静谧了。突然，写字的兴致悄然萌生了——我们写字的自由也正在这里，不可让它像小鸟般飞走了。

　　禀性喜爱独行的人，真要读一个同样独行的学科，我通常引导他们去报书法专业。我发现写字是排他的，那年我正好十岁。这是反集体劳动的一种体会——人多力量大，许多劳动都在显示这个真理，从而获得效益。一个艰难的工程结束了，集体的力量才分解出来，按每个人工作的时日，获得相应的酬劳。写字也是一块硬骨头，却也只能自己一个人去啃。一个人以有限之才追无穷风雅之意，的确需要很长的时间。人的一生也算长了，用来写字也许不够，但作为遣兴则为最佳——遣兴比写得好要紧，是不迁就任何人的、不顾及他人的情绪的。如此这般一写再写，使自己的脾性越发自适，行藏由我。写字人是窃喜道途漫长的，正因为漫长，足以慢慢探寻，光景流连，寓目赏心，从而怡散终日。当然，写字人也是俗常生活中人，也期之长寿。虽不能在写字中成佛作祖、色相俱足，却也求人书俱老。像文衡山那般当然最好，简直是为了写字而生、而死，他同时代的许多写字人不在了，甚至连他的学生也不在了，他还在那里写，写的还是小楷，心力、眼力、笔力都出奇地好。此时白发老人，非有他求，唯执笔以抒怀，使遣兴挺进精妙。既然是遣兴，也就见出写字人众生相，有的狂叫呼喊濡发而作，有的端人佩玉不动声色，有的以此得大自在，有的则萦于蜗角虚誉。至于规延风雅托寄远大，或荒腔野调乖于本色，更见云泥之别。只是各遣其兴，各适其适，写去便是，旁人言说如东风过牛耳。如此遣兴工具，一杆笔，一方砚，些许墨汁，就可以了。如果守规矩，再添几本字帖，写去吧。一杆笔经不起长久地遣兴，在与纸的摩擦中秃了，于是又一杆新锐接续。新旧推换，有如时光，人在遣兴中，由幼及壮，由壮而老去。我想起老迈中的父亲中午不休息，颤颤巍巍地拈着毛笔自顾写去，我的理解是——每一次执笔遣兴都表明了自己和这个世界并不疏离。

"有人细问此中妙，怀素自言初不知"——少年时读到，以为怀素作态不说，让人猜去。后来才觉得不像，世上还是存在一些神秘之质的，模糊、朦胧，说出来反而离它们更远。一个写字人的进程似乎都在暗夜中行，影影绰绰，迷迷蒙蒙，有时有流萤划过，眼前一亮，有时又浓雾四合难以廓清——写字人总是要碰到一些语言难以表达的存在，即便伶牙俐齿的人也不知所措。像张旭，每大醉呼叫狂走，乃下笔，既醒，自视以为神。像怀素，观夏云随风变化，顿有所悟，遂至妙绝。像黄庭坚，观艄公荡桨群丁拔棹，得其笔法。说给不写字的人听大抵以为玄虚，作趣闻听听笑笑，不以为真。写字人和不写字人中间是有一道壁垒的，我认为不交流最好。一个人在书斋用功那么久了，总是有一些沟壑没有越过，出外了，听了河声，见了岳色，无端生慨，一洗凡近之思，便凌空蹈虚过了沟壑。回神过来寻绎，往往是没有结果的——有结果的都写在书上了，没有结果的仍在世界上浮游，不知西东。至于夜间做梦，仙人前来传授秘诀的也有人在，更是打开一个深邃邈远的世界。如我这般无志于仕有志于写的人，有所托寄，但身心沉重难以飞升通灵，只能从皮表领略实中有虚，正中见奇，常中寓异。功夫是不可伪饰的，而要达到格调、逸品这些难以言说之境，仅仅功夫还是不够的，又需要另一些隐秘于世间角落里的因素来襄助，它们含纳所有的奥秘，恍惚迷离，弥漫无端。力求总是徒劳的，期待总是落空，它们难以和我找寻的目光相遇。曾国藩官当了那么大，声名那么显，结果还是说了如此的话："人生事无巨细，何一不由运气哉。"对写字人来说也是如此，在寒暑无间地写时，也祈盼运气的来临。

　　写字人老了，忽一日，清理一下手稿才知道居然写了这么多，有点吃惊——几十年写的都在这里了。有一些标有时间，翻一下就可以知道是多少岁时的手笔；那些没标明时间的，根据笔迹，亦不难判断大概时期。就如同读书法，从痕迹上可以断定归属于李叔同，或者弘一。他们肉身是一致的，精神却已分离，写下来的字也就不可逃遁，宛如二人。写字人舍不得丢弃的秃笔，有的已经蒙上了尘埃，从巨大的斗笔到细小的小楷笔，可以搁满一座小笔架山。前不久见有人举办书法展览，其中一个部分是秃笔展，让不写字的人惊叹其多——其实，每个写字人都有这么多，甚至还更多。唯不见有人把自己写穿的砚台拿出来展览，让人见到力透金石的生命。沈遥集曾经感叹："未知一生当著几纳展？"对写字人来说，一生用得过一个砚台吗？砚台太坚硬了，生命难以磨砺以尽，就是一个砚台千百年传下来，任历代文士轮流研磨，也无法洞穿。一个人未用穿砚台时就老了，一个砚台和无数的秃笔就是一个鲜明的对照，书写使人老，在写了许多字以后老了。和打字稿不同的是，这些一个字一个字写出来的痕迹，就是涂抹增删，也储存了当时写字人的心事，像颜鲁公的《祭侄稿》，很多写字人临摹时，把那些涂改处也一并学了，觉得这些信手的涂改还更有滋味。自己的手稿里也有许多这类痕迹，甚至一张纸都让这些痕迹弄花了，显示出当时犹豫不定反复再三。那么多的手稿，没有一页是相同的，有的出奇地顺畅，卷面清洁简明；有时写不下去，用几个符号替代，打算想好了再填入。真要有规矩，还是打字稿，机器的功能就是千字如一没有情性，而人的情性却是时时显现的。陈绎曾说："情有轻重，则字之敛舒险丽亦有浅深，变化无穷。"这也是写字人笔下不一之处，因为不是机器，也就以差异见出。没有手稿的人无法见到当年写字时的那个自己，见不到自己当时气急败坏或春风得意的神情。那时少年意气，在纸上不免裘马清狂，都是一些长句横行，现在重读一遍还是很有意思的，让此时已老的他嘴角微笑地翘了起来。

不过，写字人也会死的。有的人在生前就会处理一些文稿，像苏洵，曾经把数百篇文章付之一炬。更多的写字人来不及处理，这些手稿也就命运难卜。如果写字人生前大声名，有关方面可能会批一块地拨一些钱，建一个艺术馆，存放这些遗迹，并设专人保管。绝大多数的写字人是不能享有这一待遇的。那么，这么多的手稿也理所当然由写字人的后人处理，或者清理。

这些手稿终了如何，写字人已全然不知。他活着的时候以写字为乐事，在书写中度过一生，这就足够了。

本　来

这家乡间的小酒楼偏于一隅，门面不彰，菜肴却很让人称赞，材质鲜活，做法也质朴，就是农家柴灶上的烹炒，作料也是家常的——他们给客人上的菜，如同自己所要品尝的。这也使酒楼的经营没有什么特别，按家常手法即可——一家人的饮食也大抵如此，或者还简单一些。

可惜，最后一道甜点还没有上来我就得走了，时间有时就是算得那么紧，便觉得无可奈何。上一次来觉得如果没有品尝到这一道甜点就不算圆满——那是他们家中用薯粉做出来的，加上他们自己种的蔗糖，便有了田野上青青的香气。可是我还是起身离开了，有一些事情就是没有办法都以完整来收束，真的求完整就刻意了，只能说下次如果还路过，再坐下来。

很多事好像都如此才好。

如果自己坐在书房里信手写写，上午的阳光从外边大量地铺展进来，那真是让善感的文士视为舒适的日子。我看了一些五代时的日常，文士都不富裕，大抵维持每日基本的生存，便没有太多的琐屑，日子缓慢，生存简单，挣钱的门路无多，便也消停下来。整个环境如午后的氛围，慵懒徐缓。文士都不是快速奔跑的兔子，不是他们跑不动，而是没有催促他们奔跑的鞭子，这也使一个人在书斋或者茅舍里的日子简淡了不少，不是心绪乱乱糟糟的那一种，不是让人手足无措的纷纭之状。这也是我一直觉得时人与古人相远的地方——如果大家奔竞无休，这个世道还会安宁吗？一个人的学识终究是渐渐地提高了，懂了不少道理，说起话来不时会引用古人云来印证，更懂得读书养心、明理、陶情。在不断上升之际，自然的程度却不断下降，这不是别人感觉出来的，是自己觉察出来的，便有些不安。想想，"孤芳自赏"这几个字还是很清雅的——如果一个人写下来的字、文章只是给自己看，那就会简单得多，爱怎么写就怎么写，写完张于自家粉墙上，近看远看，挺开心的。事实上也有这样的人，像我的一位学生，写无辍，却秘不示人。真要看他写了什么，得登门才能窥一二——其实他写得挺不错的，我也劝他参加一些书法展览，却始终无效，真应了我老家的一句俚语："自个儿欢喜就好。"封闭有封闭的好处，在开口闭口国际化的时日，封闭的个人化照样存在，不被国际潮流推搡。就像那些庭院深深深几许的人家，在深处也全然可以自乐，可以创造精神财富，绝没有想穿过深院到外边去张扬，让更广大空间的人群识赏。这样，有许多文字就不可能为人所识，锦绣烂在室内。我们看到的旧日名家、名作，未必真是当时的真实，只是因为没有流失，走到了今日，被我们奉为至宝，而孤芳自赏者总是走不远的。这不禁要问：一位文士的书写是为什么？我想更多的还是自适，有所触及便奔涌而出，于是把笔纵横，让字面兜住自己的全部情思。南朝的刘勰认为世上的知音是很少的，像伯牙与钟子期那般的关系是上苍特地安排的，但最后也不能持续到底。既然知音少有，更多的书写还是不求知音，是为自己写的，就像饥食困眠。文士书写的癖好是天生的，不必他人提醒，亦不必说与他人知，每个人每日去做便可，日子水波不兴。甚至客人来了，喝茶，说的也是其他话题，并不打算让他看到刚才兴起时挥就的一幅草书。露与藏，在文士中常是大藏大露，露习惯了藏不住，藏习惯了也不愿露，各极其乐。藏露只能说是个人对世界的一种态度，谈不上高下对错，就像有人常在酒桌上觥筹交错，有的人却躲在家里喝稀粥快意。

　　我是偏向躲在家里喝稀粥的人。喝稀粥的氛围肯定是冷清一点的、纯乎日常一点的。如果一个人想脱离日常，以另一种状态出现，那就是非日常了。从外表来看，只是一个人的言说举止生出变化，细究则是内部发生变化，有意识地用另一种形式来表现——每个人都有应世应景的方式，适时而用，有的自己没有察觉，但外人还是看出来了。陈涉起事成功后，他旧日一起的山村伙伴去见他，感叹宫殿盘郁，楼观飞惊，真是堂皇。陈涉的处境变了，再也不是过去的质朴粗糙了，而他的小伙伴却没有变，他们所能说的就是少年时代的趣事，那是多么无拘的时光啊，其中就包含了陈涉的种种薄劣，上不了台面的过往。这些小伙伴当然没有注意到陈涉已不是当年的感觉了，他们为叙旧付出了代价。这也使陈涉身边的人小心翼翼，心提起来，不敢随意，时日久了，这些人就在行止上全然是另一种做派，合于庙堂上的要求——毕竟，一个人安全地生存是最要紧的，装就装吧。我想到有一段时期人们对柳亚子的评说——讨厌他的人总是居多，甚至从诗中看出他的贪欲，看出他对于声名的不舍不弃，大凡有不满足，便要发作一番。而如果得到安抚，他又会开怀之至。一名文士有志于学又有志于仕，便生出种种的矛盾来，心事越发复杂难解。柳亚子并不满足于与同道的唱和，现在我们最容易看到的几首诗，都不是和寻常人交流的，便觉此人依攀附很见功夫，非一般清高文士。一经对比，还是寂寞的陈寅恪来得自守。很简单，就是自己干自己的。一名文士自己坚持读书、写字、写文章已经足够，哪里会有闲情闲工夫向外驰骛。这当然是截然不同的两种类型——每个人的生活态度差别很大，所求相异。但不舍弃声名的人也有以真情性处世的，他们不满足就直接发牢骚使性子索取，都是摆在台面上的，而不是表面一套，里面一套，总比一些文士背地里使诡计来得直白，让大家都看得到他们的阴晴。记得曾国藩也有如此脾性，他向咸丰要官，咸丰不理他的请求，愿望不能实现，曾氏就在家中发脾气泄不满。曾国藩是想当圣贤的人了，是想为曾氏家风树楷模的，却还是一点也不遮掩，赤裸裸的，甚至也不忌讳让后人知道。我是从这些例子来看一个人的真实程度的，觉得不虚。

每个人都有一些真实的元素，如草木那般天生地长地生存着，如果不有意遮掩，并不难在交往中见出。只是人的社会属性强大之后，自然的程度就降低了，便使人面对人事时，会发出真耶伪耶的疑虑，不知自己所见所闻是否为真相。就像一个庙堂文士是有两套笔墨的，一套是场面上用的，另一套是私用的。明代谢榛曾说："官话使力，家常话省力；官话勉然，家常话自然。"谁不愿意省力和自然呢？但人生不是家常，得适应家常之外的许多场面，也就要有一套使力和勉然的套话，才可应对。曾国藩曾对儿子曾纪泽的行止忧心忡忡，他是想儿子走官场之路的。他认为儿子行走的步履太轻快，口齿太伶俐了，显得不"压重"、不"重厚"。那时的曾纪泽最多二十出头，正是鲜活青葱之时，言行敏捷欢快实属常态。曾国藩却早早按官场那一套来规范，不任其横出旁逸。他一再要求："以后宜时时留心。无论行坐，均须重厚。"青春年少，却不能任天性自在抒发，而被带往另一个走向，目的性是很明确的。少年本快意，这下不得不把快意的天性敛藏起来，作出老成持重的模样。当然，这不是曾国藩一个家长对儿子的要求，也不是曾纪泽一人的不快意，整个时代都如此，而且延续下来了。罗庸在西南联大讲课时认为，在入世的生活中，保有一段出世的心情，便时时在超悟中体会到一些人生真趣。这样的生活态度使人轻快地跑动，快捷地言说，能不开怀？！

简单是我喜欢的一种方式，可用于世事。小时候写字，只是想写得好看一点，尽一个小学生的义务。想法简单了，做起事来轻松之至，没有什么瓜葛相绊，理想更谈不上，也就是不断地写，以此为乐趣。我的父亲和艾略特的父亲一样，从来不夸儿子在这方面会多么有前途，就是亲戚朋友赞扬了，父亲也不随之应和，仍是一脸平淡，笑笑。因为父亲觉得没有什么值得夸耀，似乎本应如此。这也使我觉得泯然于众人，不值一说，与人交流也无多——我小时候就认为与人交流作用不大，可能也因为我不善交流——写字不是团队干活，不需要磨合、协调，也就不必交流。真的交流，各自想法也相去太远，终了还是沿自己的思路走下去，少与他人费口舌，也少让他人的想法来干扰自己。自己想法是对是错，到时候就知道了。况且艺文之思也难有对错之说，只是差异。自己乘兴一以贯之做去，是很开心的，总会有点收获，或者教训。我想，书写就是一个人的过程，一个人心甘情愿、没完没了地写，然后投给某个报刊，接下来苦苦等待，这是何等的心动——在有退稿风气的时代，这体现了编辑对无名者的关切和评判，退稿终结了作者发表的梦想，一切从头再来。退稿是显而易见的，一个鼓鼓的信封，把脱离自己一段日子的文稿又寄了回来。退稿越来越多，周围的人都知道了，没有谁说什么，只是觉得痴迷写作真是荒唐。我只是笑笑，也谈不上难过，毕竟是做自己真喜欢的事，就像同宿舍的舍友喜欢喝酒一样，都是真的。有人说他们喝酒不利身体，他们也是笑笑。笑笑是最适宜的，也简单之至，好像表示了态度，又好像懒得答理，接着再写，或者再浮一大白。真实不虚的力量是后来才显示出来的——写出来的文字终于可以发表了，和退稿相比，无疑是上了一个台阶，表明现在的写更有一些审美价值，后来多多地发表，有人就称我为作家了。一个作家的前后表现应该是一致的，那就是真实地写，觉得没有比这种个人的消遣更有意思——个人的日常生活没那么有意义，最多是有意思。想想自己带了不少研究生，当时在课堂上已经把他们训练得笔下出锦绣了，却在毕业之后大都不写了。不写就不写吧，也是一种真实的生存状态，不必有意像我这样。

　　节气很多，节日很多——我小时候对老家的印象就是如此。我在山区当农民、当工人时，正月通常是不回老家的，只有清明来了，我才会请上一个月的假，回到那个有些古典气味的小城。我是不适宜在场面上说道的人，而这个小城在正月里的一项俗常活动就是四处拜访，进进出出表达情意，人声鼎沸，端的是热闹之至。关心过头的亲友总会问我前程几何，还在山区插队吗？怎么还没分配工作？并说张三李四家的孩子因为表现好都分配到地区最大的钢铁厂了，转为城镇户口。我真是无言可答。记得杜月笙说人生就是三碗面——体面、场面、情面，我连场面都应对不了，更不消说其他两碗面了。后来我改在清明时节返回老家。清明和春节是两种不同的场面，清明的凄清和枯寂，加上细雨霏霏，让人清静了许多，想到流逝、过往，还有那些长眠地下的先人。这时串门的人要少得多，我渐渐宽松起来，觉得人逢其时是多么适意。相信每一个人都有这种对应感，就像到报恩寺，一个出家人说，每个人都可以在众多罗汉中找到一个和自己很相似的。天下与自己有对应的理应不少，一个人不是孤立的存在，他和许多方面有着千丝万缕的联系——我想，在天道上，清明是使我暂时解脱的一种时空关系。清明回来除了感受清静，少去许多场面上的应对，还可以给逝去的长辈扫墓，回味过往的那些好时光。墓碑上的红漆经过一年的风雨，不是脱落就是淡化了，于是用准备好的钢丝刷子反复刷动，弄干净了，再蘸上新鲜的红漆，有若描红。这是一个比较细心的过程，加上几方墓碑的字比较多，也使我们每一次扫墓的时间都比别人长了不少。一个人蹲着描，时间久了就膝盖酸得不行，便换另一个人来描——我们这个家族是产生书法家的，除了心细，还有手稳。想着土壤里边的前辈，有的是抚养自己长大的，有的从未谋面，却都是同一根绵延长藤的某一个段落，现在以这样的形式相遇。待我们一切做好，墓园已经见不到其他人了。山风大了起来，是暮色就要来了，有一些荒飒之气涌动。想想是清明这样的节气，乍暖还寒，又兼细雨，使人更沉稳地安放一些动作。

有人来家里送了一叠用旧报纸包裹的笺谱，南方的潮湿让它们浑身布满黄色的斑点，像老去的荬白。他顺口说了笺谱的年龄，让人吃了一惊。想想这几年送纸品给我的人，都会让我惊诧，以示这些纸品的价值，让我记住。既然年龄都大得惊人，我就放入密封袋中收藏，似乎这辈子也用不着这些宝贝——自己书房里的宣纸多得要命，写都写不完。有的纸是用来挥洒的，有的则是用来收藏传之后人的——我以前的想法还是有个界限的。几年过去，我会想到另外一些问题，觉得自己甚是酸腐。现在子承父志的心思都是空的，各干各的，想法没有承传，都是旁逸而出，谈不到一块儿。笺谱再美好，也需要有人懂，不如自己享用。于是把这些笺谱连同自己以前藏着的一些时日老旧的宣纸，都用之腕下。想着这些纸的年龄与价值，心中生出敬畏和踌躇，便都没有写好——总是有一些放不开和不自在，有点小心翼翼了。记得清代的袁枚说："不徇人，不矜己，不受古欺，不为习囿。"看来自己是为古所欺了，尽管不是远古。这让自己不太像平素那般适意，这种感觉有时还真不少，看一些古籍、古玩，要恭恭敬敬地戴上雪白的手套，很有让人揪心的仪式感，很小心、很卑微，好像自己不名一文，是得到抬举才有这样的机会。我对仪式是很发怵的，面对至尊、伟大、久远，自信丧失了一大半，平常心也不知跑到哪里去了。现在会说故事的人太多了，故事就含纳一个个的暗示，看起来不动声色，其实已是某一种指向的引导——故事不是白讲给你听的，就像有人送我古墨、古纸，可以顺便舒展出一段故事来。明代小说写作有"非奇不传"之说——"奇"是很合于人追新逐意之情性的，大小巨细无不如此。就像对待一泡茶，茶的主人放大了茶的外在，着重说茶的坑涧、品种、树龄、烘焙，却迟迟不说价格，但听者已经明白。其实故事就是故事，故事只会在添加中越来越长，也越发奇肆，让人忘乎所以，以为世界就是由故事构成的。如果一个人不为故事所动，听了也是漫听漫应，并不动心，那真算是能把握自己的人了。

　　水井是许多作家写过的，由于它向下延伸，便有了不少寓意，不仅仅是供人汲水炊爨那么简单。我住的这个小区原来是一个依山的村子，许多眼水井波光闪动地错落在地下。后来开发商来了，原住民都搬走了，水井便一眼眼地不见了。也许我的房子下面就是一眼水汪汪的井，可是我再也看不到它的清澈。水井是我小时候比较忌讳的一种物象，它不是向上长的，让人看得到，而是向下，毫无声息，实际上对一些人来说就是陷阱。家中有一位少年，算起来是我表舅，有一天忽然没了，后来才发现在幽深之处。长辈哀恸之后用石板把井口遮盖了，好在家中还有两眼井可以继续食用和浇灌菜园子。只是后来我见了井口比较大的水井就会颤抖和畏缩，想到它冬暖夏凉的美好背后还有如此恐怖的力量，这也使我汲水时小心翼翼，生怕被水桶的绳索带了下去。那时的少年，生活简陋所知甚少，是没有什么头脑的，看着大人说着水井溺死人的神情，觉得比自己所经历过的任何一件事都要严重。如果一个小孩子一夜成熟了许多，一定是有一种非常规的力量在粗暴地推进，违背了循序渐进的生长规则，这并不是什么好事。我没有想到的是，长大之后就没有怎么见到水井了，自来水代替了井水，水井就成了多余。水井溺人的往事离我越来越远了，我的心渐渐恢复了平静。

　　一位艺文爱好者经过几十年的砥砺，技能达到了可称娴熟的程度，不逊庄子笔下的承蜩丈人和卖油翁，便开心之至。技能显示出个人的能力，在面对一张纸时，可以写出一篇文章、一幅书法，便自称文士。今日文士的技能甚至比古人娴熟，比不上古人的永远是内在的距离，如何都达不到闲云出岫、清风自在。这也是我千方百计要看一些古人笔墨的原因。自然不自然，不是一个文士的事，而是一个世道、环境的习惯——美感总是相互比较而言的，文人们喜欢粉饰了，便会生出许多花样来，而粉饰是没有尽头的，也就没完没了，镂金错彩，雕绘满眼，再也不愿素面行于道途。书写无疑是很简明的一个动作，站着，或者坐着，便写去，使字和词组一个个出来。古人常见不择纸墨、不计工拙之说，并非真如此，而是认为情性比纸墨、功夫更要紧。适兴下笔，写到哪算哪，失误的地方还涂抹一下。文士与宫里那些善书者是不同的，不是写官告，而是为了私享。现在写一幅字，会有一堆告白——墨汁是何种品牌的，毛颖又是何种动物毫毛，而纸张更是讲究。物质材料看重了，自然情性轻看了。其实，很多方面都如此，做得挺好看，让人的视觉不至于失望。

　　有一个炎热的夏天，我在老家翻来覆去地看几幅残破了的北凉写经，父亲也过来扫了一眼，他说，啊，写得太不好看了。的确是太不好看。可父亲不知道，我把玩的是里边的滋味。

　　一个人不装，举止本色，真能给人以吸引。

悄然无声的雪

一件事做久了不免乏味，觉得重复日多，又不能日日有新意。譬如讲台上说书论，说多了也不可能都是新意——世事没那么多新意，尽管自己每学期也增加了一些自见，但下面的人能不能听懂，自己也没把握，只好讲到下课铃声响起。有些时间我便用来板书，板书是我上课乏味时的消遣。譬如古人说的话，如果不用板书体现，未必有效果。而板书之后一目了然，读得懂的懂了，不懂的课后自己查去。小时候听说当教师的就是吃粉笔灰，肺都吃出了问题，其实是夸张。我父母作为小学老师，板书了一辈子，我也板书了几十年，肺也没有问题，还因为板书生出乐趣。现在不少教师已经远离板书，一是腕下功夫不行，二是不愿板书，要说的都在屏幕上。其实讲课是有不少灵光闪现的，把它们呈现在黑板上，气韵生动。那天我板书清人王思任的句子"不同衣饭，各自饱暖"，然后说下课。我想每个学生都会琢磨什么意思。

不时有一些小小的乐趣在粉笔尖下逸出，只是自知便好，不与人言。

林语堂曾经认为陶渊明、苏东坡都是深知须行乐的文士。他们都谈不上顺意。陶渊明离开官府径自躬耕田亩去了，苏东坡则以"也无风雨也无晴"的心态继续为官。林语堂从二人身上悟出一些乐生的道道，譬如饮食是可以自乐的。有一次他半夜起来吃了五个鸡蛋两片煎饼，尽管过头了，但这个夜间他十分开心。林语堂谈到苏东坡自研东坡肉、东坡茶——穷开心就是如此，在困顿中仍有闲情，快慰口舌、齿颊余香。生为凡庸，也是需要不断有些小小乐趣填充在生存的众多缝隙里的，就像粉笔灰落下时，指腕间有一点点满足。

马尔克斯说："我发现一件令人非常享受的事，那就是躺在床上看书。"如果一位眼科医生听见了，一定要拿出一堆的科学理论来批评——看书就要有看书的样子，垂足高坐，书桌在前，把书放正了，眼睛与文字保持一定的距离——这个距离是眼科学的成果。然后一行行读去。如果悖于常理，肯定是自损双眼。可是现在，坐着看书的人也都戴上了眼镜。我看了许多马尔克斯的照片，他眼睛好得很，不必戴眼镜。当时他根本不会考虑眼睛的问题，只是觉得躺着看书太舒服了，与他人无干，与科学无干，全然是自己的事。他是到很后来才告知他人这个乐趣的——忽略一点科学，让自己快意最好。我在挥毫时都是缄默的，能听到的微弱声响就是笔在宣纸上行走的嚓嚓碰触声。边写边狂叫的人固然有，他们有这种兴致，也就不必忍耐，写得欢，叫得也欢，和他人无关。这些很个人的兴致，各自做去，凡庸的日子就有了一些小喜欢，所谓的自得其乐，皆无须大。

马尔克斯说："情感和柔情，发生在心里的那种东西，终归是最重要的。"我不知道他说这句话时有几岁了，至少是懂得珍惜自我的情感和柔情的时候。大学的写作课程给我的记忆就是规范的输入，那些公共的写作规矩必须守着，情感和柔情盘着不动。把情感和柔情放出来时已经是中年了，我回答学生关于写作的认识通常简单得很——你爱怎么写就怎么写。这样会更舒畅。至于能发表、不能发表只能位居其次。尤其是柔情，真要表达出来就要放弃那些毫无滋味的套路。和别人是没什么好交流的，情感和柔情那么私密，自守即可。真要交流往往都是那些公共性的规矩，你说一碗豆腐，对方说豆腐一碗。一个人真正重视自己心里的那种东西，贯之笔下，就有了一些与人不同的地方。有些刊物来约稿，就是看上了这些不合公共写作规矩的文字，便使写者生出几分得意。苏东坡曾说黄庭坚诗文里有螬蛑和江瑶柱，因此格调不同一般。有人问我螬蛑和江瑶柱是什么玩意儿，我说就是青蟹和干贝，这两样有了，一桌酒席的档次就大大提升了。我的认知就是，情感和柔情，就如同螬蛑与江瑶柱——我希望自己笔下这两种海产品会经常有。

有一个下午我读了阿莉·史密斯的一段话："不管你是否乐意，我们最终都会变成一个名字、一个日期以及一丁点看起来不过尔尔的东西。"我觉得她想得太多了，似乎文士都如此，想到百年之后，然后徒生叹惋。许多实在的生机给我的启示都是重此时，不断有苦厄，又不断有转机，由此生出一点喜色。每一个个体的社会关系都是不同的，便使个体生存出现很大差别，但有关的都是此时，而不是遥远。我观察的都是自己身边的人事、小人物、小生计，小感受，比阿莉·史密斯说的遥远丰富之至。紫南的家族都是装裱师，手艺在身，每日就是给字画锦上添花。她们在各自的装裱店里忙碌着，一道道工序地做去。我问她们聚在一起时会不会探讨装裱技艺的新路子。她说根本不会，反而是探讨与装裱无干的——因为目前的手上功夫已经完全可以让人满意，没必要再自找麻烦——就像有人评上教授就不再写论文了，那真是让人累死的事。艺无止境，道理固然通畅，但让自己不开心则没有必要去勉强。因此，装裱之余，紫南根本不会去阅读装裱理论书籍，而是缩在椅子上刷手机，要不就是和朋友喝酒。和人论起酒文化有独到理解。她的快乐并非来自装裱自身，而是和酒连在一起——人的乐趣常在职业之外，它们更感性、生动，调节了职业的单调无味。

大雪节气后，我有了一个到北方的机会。这个寒冷之地，天色灰蒙木叶尽脱，又一次让我看到了许多架在树上的空巢，正被寒风猛烈地摔打着——它们的主人在温暖的南方，能动之物决不会死守着，一定要等到时日节点到来才确定返程的日期。第二天居然下雪了，这很像苏老泉说的"无意乎相求，不期而相遭"，漫天飘白，地面堆积。我遇到了特地从南方来看雪的一家人。少年很兴奋，他不一定觉得这是一种自然现象，而是某些可以让人心弦弹动的玄妙。这个少年的眼神有点像我的当年，只不过我当时是在南方的边远山区逢雪，生活过得尤其简陋，思绪却远比现在发达，从雪的落下延伸起许多联想和想象的翅膀。那时工厂里的广播成日都在放《长征组歌》，自然由雪想到信念、理想、志向、精神。那时的拟人化想象尤其活跃，大雪压青松、翠竹，也会生出一大堆类似高耸、挺拔、风骨、遒劲的感慨。现在面对大雪，什么也没去想，一时有一时之想法，不能说昨是今非，或者昨非今是，人是生长着的，不会总持一种联想。此时我想的是如何在雪地上行而不摔不跌——每一场雪的到来，总是要给人提供一些和骨科医生见面的机会，那是很实在的痛楚。如果自己腿脚摔折了，会有多少麻烦，如何按时回到青绿的南方。我想的都是与自己有关的、细小的，使我每迈出一步都慎之又慎——本来我走路带风的，现在是带着污浊的泥水，雪到地面就是这样，算不上洁净了。由于注意了这一点，我行走于不同坡度、不同材料的地面都安然之至，算是全须全尾得了保全。在返回的飞机上，高空中的闭目思索，使自己在一些认知上有了扭转——青年时期在山区务农，衣食都不足暖饱，却也时时想对一些时髦的大问题发表宏论，被潮水推搡着不能自已。后来上了大学，对外部世界的兴趣也不减少，似乎不如此不合作为青年之旨。现在想来，大的、空的、无聊的、荒唐的真不少，真有些徒费年月了。如我这般乐于书斋读写的人，趋向只能越发实在真切，同时着眼于微小与细腻——完成一幅书法，或者一篇文章，可以有一点小小的欣喜就够了。

　　飞机飞行两个多小时后，在这个城市的空港着陆了。我随着满满当当的人群走出机舱，觉得这几日在北方身心的燥热一下子没有了，唇齿间霎时滋润起来，有点小窃喜溢了出来——这个城市还是很适宜我的长居。

前身曾是明月里

　　我第一次见到这座老建筑是在一条江的边上的一个高地上——当时的主人看中了这个地方，运来石料和木头建造起来。造型谈不上新潮，只是敦厚沉实，可以品咂的那种朴实。旁边绿树遮掩，大点的风来，把枝叶拨开，就露出深红色的瓦片。一条江从面前流过，时急时缓，春潮带雨的黄昏下，是很有一些流逝的气象的。后来树木老了，枯枝多了，地面的长石板缝隙长出苔藓，又使建筑多了一些沧桑的味道——尽管它到现在还不能称为古建筑，但只要不倒，就可以等到那个时日。

　　我第二次看到这座建筑已经是在另一个地方了。当时把材料都编了号，有的还捆扎起来，有顺序地移到另一处建造。一切按顺序来，自然也就妥帖稳当，渐渐地效果出来，是当时建筑那模样了。如果主人今日还在，一定会惊奇不已，拆散了，又集合显示，甚至某些细节的交接，如灯取影，如镜取形，似得很。它的四围都是高楼，不像在河边风声飒飒。那时风起时，贾岛的"秋风吹渭水，落叶满长安"，都会无端地浮现于我眼前，觉得爽利之至。可惜现在，就有些猥琐。当时建筑与地势、河流、林木是一体的，主人肯定把这些因素都融在一起，然后动工。今人把前人想简单了，以为负责任地把它挪个地方，做到完好无损，却不知如何为老建筑的内在负责。

　　内在是看不到的，内在是用来感受的。很多的行为就止步于形似了。

除非，不要动它。

到汉中去的人中，有的是冲着《石门十三品》去的。不大的室内依次排列着这些汉魏刻石。喜爱书道者细细揣摩其中的刀锋笔调，觉得这么近地把玩，是与在书斋里照字帖临写不可同日而语。这些刻石原来是与整座山连在一起的，是山的痕迹，由久远的工匠一笔一画凿了出来，使这座自然的山附着了人文的感性光芒。悬崖、栈道、深渊、苦寒、饥饿、荒凉，这些工匠的人生不少时日就是在敲凿声中度过，扑面是崖壁，脚下是深谷，每一个字的完成，都会有镂骨铭心的激动——早日完成，回到家中，灯火可亲。

一件碑刻与一座山相比，再大也是渺小。摩崖粗糙，字刻其上，便生出古拙残破的趣味，石花大小迸溅，石痕不一浅深，常有意外之趣。如果一个人不在博物馆平坦的地面上行走欣赏，而是在悬崖边上，山风飕飕，掀起衣襟，黄叶翻飞，扑面而来，又落入谷底，那肯定是不同的美感，觉得整个欣赏过程惊心动魄，狭窄栈道又使人心绪抽紧。作为刻石，它理应都在这石门隧道的两壁和褒河两岸的崖壁上，长满苍苔或风化剥蚀。当初刻手一定是找了又找才确定这块石面的，它和那个时代、那些人紧密连在一起。借刻石而记功颂德，以为金石难灭最为可靠。

山以不动为法——古人这么说界定了山的属性。由于岿然不动，使它区别于许多动弹不歇之物，譬如不舍昼夜流动的江河，稍纵即逝的时光，使人有了从容不迫面对的心情，觉得一座山，连同满山的刻石，子子孙孙都可以欣赏到。可是后来，要修水库了，人们将看不到刻石，而是汪洋。这十三方刻石还是费尽人力、智慧，因此免于沉入水底——由于审美价值高，它们获得了抢救，成为博物馆中的宝藏。再有文化情怀也不可能把一座山的刻石都切割下来保存。这个时候，优先的往往是最有价值的——由此广泛地延伸开来说，待人和待物，大抵都是如此。像

《石门铭》《石门颂》《杨淮表记》这样的作品，不必争先恐后，人们都会最先想到它，殷勤地不让它们有毫厘受损。

大块玻璃把我隔开来，只是看看。它们如重器安于地面，与险峻的山体已经没有关系。离开了让人仰望的高度，让人胆寒的崖谷，还有昏暗、阴森的山林色泽，枯枝败叶的萧索，鸟鸣虫唧的清幽，豪荡之性也无，峥嵘之气也失，让人无尽的想象和联想都无从展开了。在这个房间里，能看到的就是被剥离大山的十三方石头，还有石头上的文字。我是很看重古物中的背景的，即便是一方碑，即便它在历史的暗角和私人记忆场域，都不会是孤立的，背景的存在具有解释的潜力，产生追寻的意义。可是，现在不能再现历史的记忆之场了，那些背景下影影绰绰的人生全然消失了。如果没有变故，我不是在博物馆里看着，而是在路径艰难的现场。

我想起有一年高甫兄、连军兄带我跑了山东的好几座山，道途荒野，步履跌宕。由于名碑在上，我们有一种不可阻遏的行走气势，觉得重复这个简单的动作，可以渐渐接近心中的向往。访碑就是寻找一座山隐藏下来的这方石头，或者那方石头，石头和石头是可以比较美感的差异的，为了这个指向，对于个人的体力全然可以不吝——终于，可以以我温热的手掌抚摸摩崖刻石上的粗糙，它们保持的本来状态让我无比欢悦。

原汁原味——如果没有人去移动它们，它们越发生成的，就是如此。

现在，我写完一幅字，盖上印章，就不会再动它了。就是有人指出某个空白处可以再盖一枚闲章，我也不愿意——除非重写。我发现汉简时代就很在乎简化和留白，那时他们就做得那么好，阅读起来就清旷之至，觉得味在其中，不可言尽。后来，许多古书画中的留白处、疏朗处都被后人占用了，他们用自己巨大的、小巧的印章侵入，一时间大印小印劈头盖脸。像著名的《兰亭序》，今日看来，已经是印章满目喧宾夺主。为何动他人的作品——我常会生出如此的疑团。那些古人画面中的留白，本身就是传达某些美感的，譬如象征语言的蕴藉的意义，不费物质材料，空而见妙。空旷的草野，稀落的秋山，清明的天际，它所象征的，有人看得到，有人看不到。像钱选的《浮玉山居图卷》，笔意疏澹，天际高远，是很可以意会的。它遇上了乾隆，只能怪运气不济了。乾隆毫不客气地在上面题诗、盖章。这么一动，画的意境真是被掩埋了。每幅画都有自己的命运，如果流传至今，尽管霉点生了出来，蠹虫打了不少小孔，但整个画面没有被人动过，那真是值得庆幸，可以一眼看到当时那些饶有深意的意象或者物象的构成。

如果一本书出版后销量不错，再过些年编辑就来告知再版的消息，并谈到是否修改的问题。此时的思想、审美甚至修辞的能力都会优于过往，翻动旧作，也会有一丝今是昨非的感慨。我是选择不动的，以前有以前的识见，现在有现在的体悟，都不可替代。此前的那些美感、趣味支持了当时的表达，说起来也是很有审美价值的，使当时的写作可以向前伸长。真要改动，真是改不胜改，终了什么都不是。

每一座老建筑、每一座山、每一方碑刻，甚至过去了的文字，它们共同地散发着那个时段固有的气息，最大的特点就是迥异于时下惯常的感受。有一句话不断地被引用着："过去的就让它过去吧。"我理解它简明地说了这么一个道理——那些过去的美感，不动可谓佳好。

薄如蝉翼

　　一年来，阿黄送了我不少东洋纸，丰富了我藏纸的种类。她自己不谙八法，却对纸有一种过人的嗜好，即便价格不菲也解囊收入。有时人的爱好就是如此，收藏了欣赏或赠送朋友，自己是不使用的，由于不谙八法，一下笔就可惜了。那只能是把玩一张纸的色泽、纹路，还有从中沁出来的幽幽香味——纸香在众香中是十分独特的，和书香相比，它没有油墨于其中，就更淡逸和细微。有时一个长卷打开了，发生与众不同的声响，绸缎般地舒展开来，像时日那么悠长。一个人喜好藏纸，藏而不用，让人想到不少藏家的身后——后来者对藏品毫无兴致，连打开来欣赏也不愿意。人的趣好相差太远了，一代代人的繁衍可以接续，延伸到久远，使子孙万代串联起来。彼此虽不曾谋面，但持同样一个姓，说话都会多上几分亲切。兴趣则异于繁衍，如口之于味，不能强求。上一辈的兴趣之物堆了一屋子，到了下一辈则想着如何清空，给自己兴趣的另一些品类腾出地方。好在阿黄在这方面及时地出现了接班人，她的女儿考上了大学的书法专业，这些纸才有了使用者。

　　物尽其用——我常怀这样的想法，能在有生之年将自己使用的一些消耗品用罄，或者所剩不多，最好，也遂了作为物的愿望。如果是尤物就更不一般了，通常有灵性于其中，应对同样有灵性的这个人或者那个人，就像神骏，不是任何一个骑手就可以翻身上去，它一定在等待那个人的出现。如果有幸，那个人出现了，这匹骏马的价值才上升到顶峰，否则，一辈子晾在马槽上。好纸可以当摆设，像神那般地供着，说是唐伯虎那个时代的，或者康熙年间监制，让来者看一眼。如此，还是浅薄。晋时阮孚说"未知一生当著几量屐"，可见人生苦短，不可矜于物，如果不能放胆用屐，而让自己赤着脚走路，那屐的作用真是抓瞎了。人常有悯物之心，舍不得用，小心翼翼地用，悯物过头就不能充分地显示出自己对物的尊重。

赠人以纸，说起来是很风雅的。当年王逸少一次就给了谢安石几万张纸，传为美谈，这比送脂粉、五石散有着更多的文气，让人联想到澄澈、玄远，也联想到一个人的笔墨情怀如此倜傥。一张纸比人情单薄得多，但几万张纸，这个人情就不是俗常之谓了，是精神方面的必须。送纸是危险的，敢于送纸也说明了对对方的一种识见的无误，双方由于这一张张单薄的纸而相互欣赏。赠送者认为送对了，被赠送者也认为太合心意。那么，接下来的畅谈，完全可以从纸开始说起。风雅不及实在，俗常日子是实在过去的，真能如王逸少、谢安石这般锦衣玉食，送纸才能成为后世谈资，真是俗常人家，他们的需要则如亦舒在《喜宝》中说过的："如果有人用钞票扔你，跪下来，一张张拾起，不要紧，与你温饱有关的时候，一点点自尊不算什么。"亦舒此说还是很诚恳的，在生活的现状里，对这么一张张纸所持有的态度，不必以嘲笑的态度待之。

对于文士而言，能用上与自己情性相契的纸自然快慰之至。笔墨生涯，越往后对于纸的选择就越讲究，讲究的尽头就是挑剔，面对一张纸的态度说一些别人认为是玄虚的感觉。即便要订制，也难以表达清楚，便难以与人说，觉得说了也不知所云——真能说清楚就不是感觉了。难言之隐——往往是隐于感觉之内，不能量化，说出来不能达意，也就欲说还休。四宝堂里总是陈列无可计数的宣纸，供喜爱者挑选。有人进来，挑贵的买，作为礼品，物贵则宜。有的则认品牌，以为品牌为立身之本，必然不会离本太远。我则靠手抚，在纸面做一个轻轻推送的动作——即便同一批次的宣纸，手抚起来也未必同一种回应。毕竟，作坊里那么多人，重复那么些动作，不是每个人的心绪都能深婉不迫。有时我也把纸摊开，像《风声》中的听风者听听抖动中的声响。清脆的、挺刮的声响肯定不宜于我。一个人在道行渐深的往后，心思越发细密如牛毛，有了挑剔的资本，什么都要求合乎自己的情性，就像善于品尝的口舌，绝没有饥不择食的迁就。这个要求不能说高贵，只是自适而已。文士雅集的机会总是有，总是要墨戏一番。轮到了，站起来，把主人准备的宣纸摸遍了，觉得都不适手，更不适心，便不写，转回来坐着，继续喝茶。主人见状，便过来劝他随意一点，逢场作戏嘛——如果早二十年他一定不扫主人的兴致，但此时，他摆了摆手，决不将就一张纸。一张纸不将就，俗常日子里的不少方面也都不将就。将就了别人会高兴一些，但自己会不高兴，他不愿意自己不高兴——记得苏东坡也是如此说，自个儿也是很需要开心的啊。后来在场面上就很少看到他了。他的书写总在自己的书房里，面对自己熟稔的亲爱的宣纸们，觉得此时甚好。

　　南方的潮润使不少宣纸都起了霉点，失去往日脸面上的洁净。笔在纸上行如在黄昏里。有的人便拿到装裱店去美容，使恢复到如新状态。有时为了怀旧，打开自己三十年前写的作品，都是满目昏黄。潮气无声潜入，不分昼夜，没有什么可以抵挡，放在箱子里的，搁在橱子里的，外边还做了包裹，无一幸免。时日在上边留下的痕迹，或深或浅，或多或少。南方生活的细腻清新，即便有机会去北方长居，也不愿动身。却不知在听着苦雨芭蕉的滴沥，看着桨声灯影中的涟漪，卷轴正悄然侵入了润泽。水如此之多，灵气是从来不缺乏的，以至南方多名士，玉树临风，新桐初引，端的倜傥自任，有一些小小的傲气，施于纸上，都是未干墨迹的诗草。寻常人对日渐霉斑的一张纸真是束手无策，只能交由资深的装裱师傅，请他抹掉这些时间之痕。这比装裱一幅新作费时费力多了。装裱师傅喜欢和旧日纸张打交道，虽然要拿出全身本事应对，但是毕竟所收费用不菲，同时成就感也大大增加。取件的时日到了，这是装裱师傅最得意的时刻——卷轴徐徐打开，如同徐徐打开一个新的世界。主人脸上抑制不住的欣喜，好像不认识这件自家的宝贝了。装裱师傅知道成功了，人们见识了他精湛的功夫，还有细密的心机。过了几年，又过了几年，这些作品又敌不过梅雨潮气，霉点又一次上脸，他又开始了一轮又一轮的劳作。忽一日照镜子，看到白头发多起来了，皱纹叠着皱纹，还有一些如同宣纸上的黄斑了。想着自己有能力几次把纸上的时光痕迹抹去，使旧作宛如新制，而对于自己日渐苍老的容颜，却无能为力。他只能无奈地笑笑，冲着镜子，做个鬼脸。

　　俞先生去世前给了我一叠花笺。他收藏它们已经有一些时间了。在他众多的学生里，把花笺送给我最为合适——礼物送人也是需要考虑与之相适应的对象，使礼物倍显珍贵。花笺是宣纸中的娇女，和六尺、八尺宣相比，它是那么小巧雅致。淡淡的底色，使它生出几分阴柔，捧在手上没有感觉似的，生怕突然有一阵风来吹落。藏的时间久了，火气尽消，如同俞先生和我说话时温婉平和的神情。一个人老了，还是会想到如何处理自己的藏品，尤其是纸、纸本，那么脆弱怕水怕火，就是一个雨点也可以洞穿。那么，一定要托付给适宜的人，那个人眉目清秀，举止舒缓，斯文中透着清高。那么，他一定会妥善对待这样的纸品的。我想俞先生把花笺赠与我，肯定也把其他类型的藏品赠与师兄弟们。品性不同，受物不同，人与人的交往深度，可由此见出。几年过去，我把俞先生送的花笺都写光了。之所以写了几年，是因为我用小楷，抄些古诗词，也自己撰文，很细腻地写，在好心情的时候。如果在大宣纸上写，我会任性一些，写坏了就揉了，并不可惜。可是于花笺，我有一种怜惜，觉得不斯文以待，就愧对时时萌生的怀旧幽思。有人说这些花笺有不少年头了，你不留着，反而把它们都写光了，真不知作如何想。我是不想把它们再送下一个人了，许多纸在我这里就不再传送，戛然而止，消失在我的笔下。如果都不使用，作为礼品承传，又如何知道其中滋味。我于细小之物特别倾心，它们是不震撼的、不大气的，如花笺，如此之小，三行两行，长句短句，以无多为旨，便清旷疏朗，有如私语窃窃。想想古文士如此喜好花笺，在上边写个不停，许多隐微的心曲都在上面。倘不居庙堂之高，不处江海之远，一个与世无争的文士，在小小的花笺上写写自己小小的悲伤、小小的爱慕，使如此单薄的花笺沉着起来。

少年时常听善笔墨者长寿，还可以举出一大串人名来。就像文徵明，他同时代的文人都不在了，甚至连他的学生也有不在了，他还精神地活着，又写又画，真是艺坛上的老祖父了。据说去世前他还在为人写字，和纸亲近，这是一个最热爱纸、在纸上不懈驰骋笔墨的文士，作为盟主当然无可非议。这也就使人多有联想，觉得纸上太极足以使人长寿，足以抵挡个人生命的消耗。事实是，一些人远未及老就谢世了，究其原因，实则无多少时日于书斋静坐修身，好好写字，多半在场面上，接迹有如市人。守不住对一张纸的敬畏，笔起处尽是躁动之气。一个人没有安和心境去敬惜一张纸，也就称不上在纸上有何托寄。一张纸的寿命比一个人要长久多了，把它铺张开来时，看到了它的清畅大方，卷起来时又如此敛约和婉转，柔韧在其中。如果一个人善待一张纸，看到一张纸的前世今生，眼神也会更谨重一些。那种胡乱下笔，对一张纸带有亵玩倾向的做法，我向来鄙夷——一张纸落在这样的人手里，只能说运气糟透了。现在到处都可以看到《兰亭序》，一张纸承受了如此的美妙，是王羲之写的，还是谁作伪的？好事者还在争辩无休，但从纸上的笔迹看，都会让人想到书写者的教养——一个人的字和一张纸如此协调地结合在一起，此纸长寿，此人当年也应当长寿。

一张纸无足，却可以走遍天下。有的从北方来到南方，有的从南方来到北方。或者从国内去了国外，再从国外回流国内，出现在各种拍卖场面上。拍卖前总是要举办一个展览，让人心中有点分寸。许多人在一张张纸跟前走过，大放厥词，说纸上的墨迹是真的，或者是伪的，谈论纸的年头是不是到了，或者根本与那个年头不符，由此判断可靠的程度。有时，打假的人来了，整个场面有些失控，那幅被指责的纸安然不动。人的眼光相差太多了，看不透一张纸的承受之重，只能指指点点，大声小声。一张纸再贵也不会天价，可是某个大师在上面写点画点，一张纸的身价就如日之升，接下来就有人使心计运手法作伪了。如果一张纸有灵，它会知道在上边写写画画的人是不是伪造者。但作为纸，从来是缄默无声的。《吕氏春秋》说出了人生在世的一个大苦恼："使人之大迷惑者，必物物相似也。"纸上墨迹就是如此，真耶伪耶，众说纷纭。科学的昌明，一架仪器可以测量厚重地底的蕴藏，却没有一架仪器可识辨纸上真伪，只能靠人的眼力。眼力万千殊异，除了看到一张纸，还要看到纸背后的世道、人情。淮南王刘安说"天下是非无所定"，对一张纸，也可如是说。许多带有墨迹的纸在拍卖场上被人吆喝着——主人不需要它了，它被新主人接受了，交易的背后是银两。新主人也不想久藏，待到行情看涨时，又毫不犹豫地把它推出去，换更多的银两回来。让人兴奋的是一张纸在家里酣睡，上边的尺寸不长一分不短一厘，文字不多一个不少一个，门外的世界却在变化着。行藏由时，主人的薄情寡义，使它不停地辗转着，不知下一次沦落谁家——除非，它们有《平复帖》的命，张伯驹把它捐给了国家，如今它躺在那个极为严密的空间里，不见天日，它的漂泊生涯才算终结。

每日，我都花了时间来消费这些好纸。书写使人开心起来，是良好的物质材料优化了人的心境。想想从五六岁始习书，到现在有多少纸在指腕间流过。此时窗外青山妩媚，白云游逸，笔下更是明快。若到夕阳昏黄，风起于芦苇之梢，满山迷蒙，纸上就有了更多的信手和慵懒气味。如果一位书法家在他的终了，能够把贮存的好宣纸都挥洒得差不多，那真是一件幸事。人将了，物亦将了。

一些纸留存到现在，为我们有幸见到。更多的纸灰飞烟灭，无从找寻。人、物有命，何况一张薄纸。要穿过久远的烟水来到我们的面前，如同骆驼穿过针眼，只能说幸甚幸甚。那时节的人每日都执毛笔书写，可以想见写尽多少纸。纸不怕多，传下来就是宝贝。苏老泉曾说自己把往日写的几百篇文章都放火烧掉了——他觉得和圣人贤人的文章相比，自己的纸上文字只配付之于火，便采取了极端的做法。其实，烧它作甚，烧了之后就能写到圣人、贤人的分上？人生每个阶段都有自己的表达，不必傍圣人、贤人，只要真实地待了一张纸即可。一些文士，名字留下来了，却无一丁半点纸片，就使后人在言说时枯索得很，无从援据。像李太白写了那么多，只有《上阳台帖》留下来，虽仅二十五个字，却让人欢呼雀跃，以为不特李太白一人之私幸，也是后人之大幸。当然，纸上的书写也有它的危险性，白纸黑字，让人难以申辩。苏东坡总是爱在纸上写，把情绪都写进去了，把危险都招来了。写了又给人看，推到更广大的空间，结果自己遭殃，又连累朋友、兄弟。平息后他还是爱写——一个文士是不能舍弃纸的，宦海浮沉，世道艰辛，也只有在纸上写，会带来一点点宽慰。李渔和苏东坡相同之处也在于写，他说从小到大，从大到老都是不快乐的，还好老天眷顾，他喜欢上填词、制曲，便一一写去，以为富贵荣华也不过如此。我能理解枕腕而书这个动作，这个动作足以使人眉目舒展，不知今夕何夕。写有两个目标，一个是给很多的人看，如柳词，虽草野间巷亦能歌咏。一个则是相反，给极少数的人看，甚至就给一个人看，诡秘得很。看过的人记熟，顺手就着煤油灯让它化为一片乌云；或者咽入口中，让它烂在自己的肚肠里。许多的谍战片都有如此雷同的设计，不厌其烦地显示一张纸与死生的关联。想想也是，不知有多少人命丧于纸上。

一张张薄如蝉翼的纸在时日的过往中渐渐堆叠起来，走向厚重，我想，这就是此生了。

广大的　空洞的

　　居住的空间大了，身心都开张起来——所谓的改善，很大的程度是落实在空间上的，譬如有人心绪不好，就会离开此地，到其他地方调节一下。如果此处是伤心地，那最好不要再一次踏进。至于居住，最好客厅大点，书房大点，院落大点，可以种植花草。时间是没办法改善，晨来夕往日复一日，让人挽不住它的吉光片羽。空间大起来的时候，寻找一些物件的事也渐渐多了起来。记得早年住在一间房子里，什么东西都明摆着，并没有什么可藏匿的多余空间让主人寻寻觅觅，现在总会有些文房物品不见了，是放到三楼去了，还是地下室？上下几次还是寻不到，只好再买一个。只是后来，它们又在哪个角落冒出来了。这也使我有了经验，不必大费周折发誓一定要把它找出来，把自己强迫得不快活——人和空间，真没有什么可以较真的，许多的存在，许多的消失，都是本来如此。

　　这种想法是从一次手机遗失建立起来的。有一日清晨起床准备前去约定地点候车，行李都拾掇停当，唯独手机不见了。昨夜分明还在书房使用过，它的失踪让我一时疑虑重重。于是利用剩余的一点时间寻找，又用座机打，全无声响，这才想起晚间怕吵早已静音。同行者足足等了我二十分钟，说给我打了好多电话，为何不接。上了车，离目的地有三个小时的车程，这个时间足以让我细密回想昨晚的一举一动，同时联想的宽泛也就大了。那个晚上书房的窗户是开着的，自以为安全，使秋日的清新空气更充分地流淌进来。窗外是连成一片的碧绿草地，园林设计者为了制造一点跌宕之气，在适当部位点缀了许多不同色泽的灌木丛，使之层次起落，色阶交替。土地肥沃雨水充足，又近于江畔，也就多鸟雀往来，运气好的话，夜间还可以看到绿眼荧荧的小动物，狐狸一般，尾巴蓬松，如同拖着一支大的鸡毛掸子。我见到它两次，总是一闪就到黑暗处了，着实敏捷。我这个手机是曾经掉到红烧肉盘子里的，是否它残余的肉香吸引了它？就像残留在指甲缝里的鱼腥味，刷洗数次，总还是会使嗅觉联系到海水的荡漾。真如此就不要多想了。在外边安静地活动几天，回来后继续寻找——人就是这样，要切断一个念头还是真难。就像一个人失踪了，她家中的亲人数十年都不会死心，在许多的陌生空间试图发现她的痕迹。有时想算了算了，算了几天，还是不死心，继续向空间要人，觉得她没理由消失。尽管我不是太常用手机的人，但总是需要，于是又买了一个。我认为空间中的实在之物，它的存在是真实可抚的，即便看不到了，它仍在不为人知处存在着，并不会化为乌有。

过半个月，我在查一个生僻字时搬动了那本厚重的辞书，一个硬物落在了地上。我想起来了，那个晚上是查一个学生的名字，从未见过如此结构，手机放在书页里，它那么薄，一片黄叶似的，在合上辞书时根本察觉不到它已进入其中，就放回书架了。

空间中总是有这么些悬念，在不经意中伏下。

对书房的倾向可以看出主人的态度。有的把书房收拾得纤尘不染，书再多也排列有序，而每本书都有自己的位置，看完了，或者没看完，都先归位，待下次取出。主人肯定是很准确地吸取了图书馆的经验，使一个书房整洁，还生出了一些肃穆，让进来的人，动作也小心了几分。不讲究的人则更多，书随便堆放，摊开的合起的各呈其态，废弃的宣纸上墨迹斑斑，砚台上是隔夜的墨。主人无所囿，来客也轻松了许多，甚至拈起一杆羊毫，写个三两行。我更倾向于后者，因为自己就是如此对待的。谁喜欢去一个拘束之地？坐立不安，心情也从无舒展，杜少卿那个家才是大家都想去的："众客散坐，或凭栏看水，或啜茗闲谈，或据案观书，或箕踞自适，各随其便。"主人名士，客人当然趣味相投，也具名士之风，如此才能各自遣兴。"螺蛳壳里做道场"，似乎是夸奖小空间也能施展才华，很有运用空间的技能，实则是一种无奈。蜗牛角上争何事，毫无格局可言。这也使人往大空间跑，大场面、大动作、大收获。大空间里的人不是来隐居的，而是赶来竞争的，讨一杯羹。文士是俗世人中的一分子，以诗文饰门面，用心写几首诗、几幅字，以作敲门之用。像孟浩然、白居易这些人，诗风不一，处事方式大抵相同，进得京城小心翼翼，谒得权贵名流，递上新诗，博得夸奖，便可安心住下来了。小空间没这样的人，再好的诗给小空间的人看了，再赏识也是没用的，还是得往宽广处走——这似乎是一个真理。

晚饭后我习惯到后边的院子走走。后山已经是一方昏暗的屏幕了，白日分明参差的草木成了模糊一团的影像，只有月亮出来的时候，山顶会呈现出锯齿一般高下不一的边缘，让人看到天有多高。昏暗中的走动使人和草木融为一体，心事安妥，只是有一些落寞，空旷中还是少了生气。我后来移了一株夜来香，它疯长一般，夏夜里就可以嗅到它浮动于四处的香气了。它的香气与众不同——有一些花香是可以进行联想的，它们靠得很近，像柚子花和柠檬花，宛如姐妹般的气味。真要说有哪一种花香类似，则难以寻找。它在白日里并不引人注意，它是属于夜间的，浮动中时而浓了，时而又淡了。它参与了我的走动，周围好像生动起来，有一些丝丝缕缕的浮艳、妖冶或者暧昧，想起曾经的十里洋场、霓虹灯、纸醉金迷那些属于夜生活的场面。一种花选择在众花安睡时绽放，花香又如此恣肆张扬，把空间独揽，是与生俱来的天性，不受扰攘，反常规而行。小区的夜行人嗅到花香了，但没有人知道它在哪里。反映城市谍战的片子总是少不了夜总会，总是少不了舞台上的歌女，歌女把《夜来香》都唱烂了。只能说，这种花的诱惑力和弥散性都是无实指的，可能很清高，也可能很艳俗，这首歌比它同时代的许多歌都流传得远，究其原因，你不知道这首歌写的是什么，实在是难以捕捉，这使它穿过一个时代，又一个时代。理性的人说这个花香对身体不好，他把医科书上说的说给我听。实用往往得这样，很学理，很正确，甚至无懈可击，只是让人扫兴了。俗常的日子还是要有一些乐趣的，那么多深奥的学问、艰深的学理，用来苛求俗世人家，那就一点乐趣都没有了。如同饮酒以戒，也就没有李白、张旭的放浪形骸了。作为俗世中人，乐趣还是很需要的，对别人来说不足挂齿，对自己来说却曼妙得很。生之漫长或短暂缘由太多了，先快活再说——为了私享一点乐趣，把教科书上的某些段落抛在脑后。就像武松走在通向快活林的路上，这条路正通向即将厮杀的场所，而武松还惦记着逢着酒家不论大小，必进去喝上三碗——尽兴是必不可少的，唯尽兴可以激发出人的无穷神勇。在我看来，武松此行在意的是酒，打蒋门神只是顺路捎带的。

夜来香在秋后就不再发散香气了，夜间的后院变得寡淡起来。我三天两头地浇水，期待在下一个夏夜里能又一次与它的气味相逢。

一个和我一起参加高考的朋友，和我说起那年考试日期，我说早忘了。他说考试的第一天是他的生日，所以记得特别清楚。原以为生日这一天进考场会走运，谁知道运气靠不住。我只记得当时几个人坐着小船，从公社来到县城，就去踩点。考场是一个中学，桌椅都是旧的，风从破旧的窗户吹进来，令人打战。山村的冬日整个环境都是肃杀的，使人产生前程黯淡的念头。第二天考室里坐满了人，士气旺盛，似乎要打败一大片，都想着通过这次考试走向更光明的空间。半小时后已有人离开，抬眼瞄去，卷上都是空白。留下来的人强作镇定，即便做不出也垂死挣扎，看是否灵光闪现，拿下一题半题。这个陈旧的教室再普通不过，平日一个班的同学在此热热闹闹，而今作为考室，让人如坐冰窖，心弦颤抖，指腕颤抖——会做的都做了，不会做的还晾在那里，想着时间无多，是否还可能运用一个公式来破一道题。人的紧张、焦虑越来越明显——最终，铃响了。当我们会对一座旧厂房、一座破茅屋存着不薄的情感，一定是那个场域曾经与自己有过密切的关联，以至于许多年过去，看到了、想到了还是怦然心动。我拿到录取通知书后，并不急于离开这个地方去报到，而是觉得完全放松下来了，想看看这个小化肥厂是怎么一个样子。钳工班长再也不会来给我派工，让我去黑乎乎的造气车间抢修，办公室主任也不会半夜找人把我叫醒，赶写几幅大标语张贴起来。这是个让我压抑而不快活的地方，而今我在各个车间闲逛，也带有一些显摆的心理，就像一只蛰伏于漫长寒冬的九香虫，觉得春日来了，可以四处飞动了。当一件事别人不屑做，或者没有能力去做，只有你一个人做好了，会是怎么样一种情景？很多人想离开山沟里的这个狭小空间，费尽心力而不能，其间托人求情有多少。而我不求人而能全身离开，干净利落，纤尘不染。从一些复杂的脸色上看，无疑是一种不良的情绪——终于给这小子考上了。在厂里闲适了几日，那曾经积聚的不快、苦痛和迷茫，一朝廓清——这是我这么多年最开心的日子。

辛丑新年的钟声响起来，我偶然从高楼阳台看三环路，每一日的拥挤，而今腾出了漫长的空旷——只有一辆小车在飞速驰骋。旧去新来，这个时刻，为何不在家中的可亲灯火下闲说闲坐，而是迎着震耳的爆仗声响前行？如果揣度其中的原因，可以有无数。

像这般在夜间，从一个地方前往另一个地方，和以前相比是越来越多了。交通工具的私人化程度高了，也就可以不分白日黑夜从此地到彼地。这辆小车是我新年时刻向外张望扑入眼帘的第一个移动物，由此让我记住了——尽管没有什么意义可言，只是在这个特定的瞬间，有些不同。安坐车上的人们，根本不会想到高楼上有一双眼睛与一辆车正巧相遇。有很多次，我和同行者说刚才我看到什么了，他们却浑然无觉。我认为他们一定是注意到空间中的其他方面了——每个人的着眼点总是不同，以至说起来都凑不到一块，就像天际，有人看到了空，有人看到飞碟。差异是人最正常的表现。亚当·斯密说过："穷人进出家门都不为人所注意，即使在闹市，他也会像独处在家一样默默无闻。而名流显贵们则不然，他们一直为世界所瞩目。所有人都渴望能够一睹尊颜。他们的行为成为公众关心的对象。"他说这话时是 1759 年，却不妨碍它的流传——总是要不一般，才可能在空间中成为看点。亚当说的是阶层的问题，他们处于不同的方位上。另一方面，关注不关注是很个人的事，关注就存在，不关注什么都不是。冬日西湖边，风夹雨寒波起，当我们的车子穿过时，被一些举着牌子的人群阻碍了——牌子上写着一个明星的名字，这几年她红起来了，会演会唱，故事也不少。她钻进一个小别墅里，外边的人看不到，也无从知道何时出来，就只能等待。几个小时后我们返回，场景依旧，西湖边上更增寒意了。几个小时可以做不少自己的事，现在都用于等待，一定是觉得值当。我们依旧穿过人群——自己的事那么多，谁有闲心情如此？都是成年人，想的还是相差很多，这也是我不太赞成分享，就像私有的秘方自己珍惜，不必献出去。

　　我注意到布朗爵士写的一篇文章，其中有："几个月以前，在古老的沃尔辛厄姆的田野里，挖出了四十到五十个陶罐……"布朗说的是空间的反复——这些人开始生活在地面上，后来以陶罐固定埋入地下。再后来又被挖了出来，估计下一步又回归地下。空间不断地转换，使后人感叹无常，因为里边是罗马时期或盎格鲁—撒克逊时期的贵族们，这是让人感兴趣的所在。当年，这些贵族多么显赫尊贵啊，不时地举行宴会，举办舞会，演奏竖琴，总会有一些盘起高耸发髻的女郎揽镜自喜。堂皇的别墅里，所有的器具，都流露着荣耀的光芒。只是最后，她们都由地上转为地下，沉寂无声。如果不是农夫掘地，这些陶罐绝不会重见天日，一个个摆在田埂上，让人围观和说三道四。此时没有一个人可以分清第五个陶罐是谁，第二十一个陶罐又是谁。布朗有意写得狰狞一点："有些陶罐里面装着两磅的骨头，其中可以清晰地辨别出头骨、肋骨、颚骨、大腿骨和牙齿。"对不美之物作如此细致刻画，是要令读者厌恶或者惊恐，并借此说明终了的空间形式都是一致的——曾经的奢华、显耀和曾经的贫病、低下，走过这个迥异的过程，就都一个样了。18 世纪中叶的英国，有一些诗人对墓园有着异样的爱好，维系着他们的诗思、诗兴。常人看来，祭扫是必须的，祭扫之后，还是要回到没有墓园的家中。而这些诗人出没于墓园，在月光如水的夜晚，他们踩着远处传来的叮叮咚咚的钢琴声，在一个个坟墓间徜徉，端详形制各别的美感，或者，就坐在已经布满青苔的老旧墓碑上遐思。乌云过来，把月光遮蔽，好了，诗兴突然涌起。

这批墓园诗人笔下的独异，我固执地认为是墓园这一空间所赋予的。

譬如墓园派的代表人物托马斯·格雷这么写道："徽章的炫耀/权力的浮华/世间所有的美貌/所有能够获取的财富/都在等待同一个不可避免的时刻/荣誉之路只能通过坟墓。"

碰巧，我在飞行时读到德波顿的几句话："生活中很少有什么时刻能像飞机起飞升空时那样使人释然。"每一个遭遇晚点的人都会狂赞这个表达。很早来到空港，要从这里去远方，却告知延时了，且不知何时腾空而起。后来，人上飞机了，在舱内闷着，飞机趴在地面，没有动弹的迹象——从一个空间抵达遥远，大多数人还是选择飞行。人的整个身心都为远方而准备停当，此时被固定在这钢铁的腹内。坐过几次飞机的人都显得很有修养，没脾气——脾气在这里是不管用的，任性反而会给自己带来麻烦，弄不好还真去不成了。每个人都是一副慵懒的样子，等待也会使人疲惫不堪。当飞机离开坚实的大地进入空虚之境，每个人的精神才一点点地恢复过来，等待是非常有价值的，它使我们脱离了地面，来到云层重叠的空中，上下无着。只有这样的旅程，才可能看到底下的一切，蜿蜒的河流，起伏的山峦，蚂蚁般的汽车。如果再高，则一切都在迷蒙中，不知身在何处，又无可奈何。空中飞行是个人最难把握的，全然维系在三两个人身上，而这三两个人，他们在看不到的地方。没有在空中飞行的人难以知道这个虚无空间有多大，它塞满了云朵，或者什么都没有，空得很。早生的古人不能腾空而起永远是一种遗憾，晚生的后人反倒有了这种凌空蹈虚的机会——它的确与在地上行走大不相同。

飞机降落的刹那，身体会感到有硬物由下往上顶起发出巨响，它给行者一种明确的表达，虚空里的过程已经结束，它永远是短暂的。

美国人威廉·詹姆斯说："减少对自身的期望会使人有如释重负的快意，这同实现自己的期望一样，是件值得高兴的事情。倘若一个人在某方面一无是处，而自己仍处之泰然，这将是一种难以言喻的轻松。"一个人对进退空间的态度如此，尤其是赞赏对期待的漠视。不知道他此说的普遍性有多少。这么超脱的快乐！我在外地开会遇上卞先生了，他高兴地告诉我他评上教授了，总算对得起自己，过几年退休也安心。他的真实水平早是教授了，只是名分未至。每次成果够了，教授的评审条件又升高了，只好再次备战，如是几回，真像百丈大师患疟疾，僧众问他感受如何，百丈言"寒时便寒杀阇黎，热时便热杀阇黎"，直是形容枯槁。有一次他对我说想开了不评了。我说也好，真想开了也是心境空明，千万不要贪夜风起，睡不着坐起身来，望着一屋漆黑，有逝水之叹。果然他又放不下了，继续著述、投稿核心刊物、争取重要课题。哈斯宝写过蝴蝶儿，他说："那蝶儿却忽高忽低、忽远忽近地飞舞，就是不落在花儿上。忍住性子等到蝶儿落在花上，慌忙去捉，不料蝴蝶又高飞而去。"那时，职称对于老卞就是蝴蝶儿，看得到捉不到。等级就是一个空间——在大学这个场域上，真正放弃的人总是很少。范进的形象问世以来，总是作为嘲笑的对象，他没什么过错，范进之后太多范进，只不过没有疯，不足以作为谈资——作为詹姆斯，可能一辈子都弄不懂范进为何如此。但我支持他其中的合理成分，就是自适的成分，不要总想着适人、适势，由于自适，才可能有自尊的空间。

　　总是想通过个人有限的时间挺进某些空间。空间无限广大，也许时日过去，可以挺进一点点。也许，就纹丝未动了。

栗　椰　子

虽说石头是天下硬物质之一，对于人来说还是不在话下。这里就包含由人设计制造出来的工具，足以切割粉碎，达到人们所需要的那种形态。相比之下，那些天然磨洗的石头会更让人惊喜，往往触目时为之惊讶，缘于内心没做好准备，惊讶于世界上再没有一方与之相同了。人与这类石头相逢，往往在一些荒僻处、山林间、河道里。它们被青苔覆盖，被泥浆包裹，蓬头垢面，直到被有识者挖出，清除污秽，才显出一身奇相，使获得者大惊失色——超出挖掘时的想象和猜测。天下此类石头太多了，纷纷从野外进入室内，奉为上宾。父亲的老家人擅长石作，尤其对宗教人物、祥瑞之兽的雕琢，有一套过人的技艺。起始用手工，锤子凿子一起上，现在则用机械，石粉成雾声响刺耳，待平静下来，已经显露轮廓。奇石的特点是反人工，全交与久远的时光打磨。一个人获得一方奇石，根据形态，给它配个红木底座，起个名字，摆在架子上，配上灯光，便美不胜收。参观一个朋友的众多奇石时，他说了很多故事——有多少方奇石就有多少个故事。它们从遥远处来到这个南方城市的奇石爱好者家中，其中多少曲折？如果做到一石一文，其中的玄机不知有多少。主人说他写不来，他来讲，由我来写。他边说边走，热情高涨起来，我觉得这是他最快乐的时光。他看着架子上的奇石，想找一方送给我，因为我专注听着讲解，并不时提出一些疑问。但他打算给

我的，我都说不要不要——经历往往是这样，主人认为美好的，可以作
为礼物相赠的，客人往往觉得不甚合意，只好婉言谢绝，说一些不夺人
之所爱的客套话。主人想赠与我的都是带棱角的，刺痛了我的双眼——
大凡物相，都有结构，人的喜好与物的结构关系太紧密了。在波德莱尔
的传记中，我发现吸引他的是火车、轮船、码头、港口这些庞然大物，
尽管不能搬回家中陈列。我对敦厚、沉重之物更倾心，这也意味着锋锐
尽销平静安和。有人认为这种喜爱是年纪大起来的缘故，其实不是，我
在少年时就有过这样的想法，奈何世间之物锋锷者居多，就是经过千百
年时光侵蚀，有的还是一身的峥嵘气，使人自觉与之拉开一些距离，稍
远一些观赏。其实，我进门时一瞥架上顶层的一方石头就喜欢上了——
犀牛状，无角，一身古铜色，筋骨强健，气象朴拙，我觉得可以命名为
"睥睨"，恰到好处的是小眼里流露出不屑的神气。回来不时想起，无法
释怀，便开口索求了。几天后，一位学生用车把"睥睨"运来，打开包
装的纸箱，双手拥抱，着实沉重，便觉得开怀。

　　"睥睨"摆在二楼的书房里。上到书房来的人很少，就是有人上来
了也忙着看别的，不会去留意它。它太安静了，外在收紧的形和内在的
重量，沉寂之至。有些物件摆在书房里是会发出声响的——我说的是人
的感觉，像唢哨那般的振动，便不宜了。而一方沉着甚至可称为沉闷程
度的石头，目光一瞥，人也就沉了下去，去做一些没有响动的事，那些
翻书、写字的声响，更加深了这种静谧。人的关注往往是相去甚远的，
就像对物的喜爱，赠送者与接受者的内心错位是经常的，内心的倾向，
他人浑然无觉，只好通过直白的表达，来达到目的。如果不表达，只求
意会，天下还没有那么多具备意会功能的人，因此要说出来，或者写出
来。福楼拜在埃及的时候，和游历者一样，金字塔、卡纳克神庙都给他
留下了深刻的印象，大家以为到此为止。直到我读了他写给亲友的信，
才知道他的埃及之行，最喜爱的是骆驼。福楼拜觉得骆驼长相如此奇

怪，行走起来像驴，又像天鹅。骆驼的叫声吸引了他，他希望自己能摹拟出它们短促的叫声，尤其是从喉部发出的颤音。他始终未能达到惟妙惟肖，成了他的一个遗憾。福楼拜为何如此喜爱骆驼，它和金字塔、神庙相比，真是不足挂齿。这就具体到每一个人了，他的喜爱和不喜爱肯定有许多晦而不明的原因，他自己不说，烂在肚子里，真要说，也未必说得清楚，只好由事后的许多人任意去说，也就漫无边际。这很像古人的无题诗，由于无题，就涌现无数的题旨，本事是什么，延伸义是什么，后人居然争议多多，有时，有意不说也是很有意思的。

不经人工雕琢的奇石，由于不雕受到了天然爱好者的喜爱，是时光里的风霜啃蚀、烈日暴晒、雨水浸泡，逐渐消磨了石质中不坚定的那一部分，使之奇了怪了，丑了瘦了，甚至万箭穿心镂空了，整个过程都是在做减法。没料到自然之功比人工珍贵，它蚀物无声浑然无迹，使人望之兴叹。这也是我把"睥睨"置于书房的缘由——拈起羊毫挥洒时，尽可能免去矜意，更信手一点吧——矜意、刻意、用意往往是人在世上驱之不散的一个疾患。华兹华斯曾经认为一个人如果一生都在大自然中度过，他的性格会被改变不少。我很赞同这种环境对人的潜移的论说。可是，有几个人在大自然中呆一辈子？就像大家都在追捧的梭罗，也不过在瓦尔登湖畔住了两年多就打道回府，他冗长重复地没完没了地描述瓦尔登湖，好像他住了一辈子，熟知大自然。真住上一辈子的人，他的笔墨才不会如此繁杂呢。一方石头要在大自然呆上多久才有资格称为奇石？把一方质地坚硬的石头与肉体柔软的人放在一起说道本身就是一种悖论，一定是二者内部的许多相似之处值得联系、借鉴，使它在书房中有一个位置，甚至夸张地认为，摆上它不啻为摆上一个神明。

在这个南方城市，与奇石相生的是上品位的红木，它们的前半生是艰难的生长，老其岁月，养其精神，后半生则与奇石相反，进入人工的手作程序。在这从粗犷到细腻的程序里，红木蕴藏在内部的神韵充分地被激发出来。

树木的生长与人一样艰辛。十年树木之说只是针对寻常树种，真是上品位的树种，百年建树都不为多。整个过程就是奇哉缓也，慢到对时光的毫无觉察——它的主人眼见得一脸沧桑了，孙子也能在林中奔跑了，一棵黄花梨还是成不了大材。如果种下一园子的黄檀、紫檀、红酸枝、金丝楠树种，那我们看到的就是一园子的慢生长状态，而绝不是南朝吴均所说的"负势竞上，互相轩邈，争高直指，千百成峰"的虎狼之猛。种树的主人留有足够的耐心，并不打算在他的有生之年看到它们成为一对弧线婉转光洁的圈椅或者见棱见角的八仙桌。

手工作坊的主人送给我一个红酸枝笔筒，和我想象中的全然一致——也就是一个圆筒，内外光滑细腻，再无其他加工，迎向太阳的一面，会有一缕缕深幽的光的闪动。我抱着，如果有闲，真可以一日三摩挲。笔筒异于奇石之处在于倚仗人工的力量才能成形，要让树自己长成一个笔筒，那概率小之又小。人工的力量我向来认为恰当即好，可以让人联想到它曾经是一棵树的一个部分，有树的温润、质朴和温度。人工是不是渗透得越多越好呢，更多的是在笔筒的四围雕琢人物、花鸟、虫草、典故，使笔筒变得不安宁了。俗常生活的特点就是锦上添花，不添花便觉得寡淡，热闹嘈杂永远是俗常生活的佐料，永远在做着加法，使日子更具有声响和场面感。这种想法也自然蔓延到手工作坊里，不断地添加、堆积，就如同上菜市场，把菜篮子装满了才离开。当然，符合俗常的美感的同时还隐藏着一个小秘密，手工雕琢多了，物质价值会大大提升，可以理直气壮地对买者说："喏，喏，你瞧瞧，这棵松树上密密麻麻的松针费去我多少的精神。"买者往往也因此不再讨价，解囊了事。简约使笔筒的大气呈现出来——我们坐着喝茶，笔筒顺手放在茶桌上，说是静物，正不必开口胜过我们的言说。主人说这里的笔筒有两类，雕饰的居多，大多数人喜欢。他是见我写了几个字，能简省的点画都被我略去了，了无多余，便窥见我以简驭繁的秘密。我惊异他对细节的敏感。有人就是这样，如约翰·罗斯金，他在很小的时候就不同寻常地关注视觉世界里的细小特征，他对当代人忽略细节感到痛惜。我的理解是由于细节的疏忽，人们失去了许多以微见著的机会，对这个世界的感受就越发粗糙、麻木。一个能够关注到我手上动作细节的人，可以引为知音。

书案上放置着一个原木笔筒，它渐渐被南方潮润的空气氧化，走向色泽的深浓。这和我对印泥的颜色要求是一致的——好的印泥素来贵重，但色泽往往达不到我眼界里的那个调调，不是艳了就是轻浮了，于是自己加工。在这个过程中不断融入黑的元素，不停地搅拌，不断地钤印，试验观察色泽变化，直到呈现我要的色调。笔筒同样是闷声不响之物，即便敲击，也不会像青铜器那般夸张地余音远播。它在成为一棵树时还有当风有声的可能，此时任春风拂过，无声无息。许多毛笔落入它的腹中，有的笔锋已经打开，使用了；有的宛如一枚枚白玉兰，尚未触及水墨。笔筒承载了一大捧参差不齐的羊毫、狼毫，像是含纳了许多的风雅。和坚硬的奇石相比，笔筒更柔和、婉转。多年的一棵红酸枝，其中的一段成为如此浑穆的容器，使挺拔的笔有了倚靠之处，让人想象当年的名士散帻放怀诗酒风流，兴至时从笔筒将笔抽出，不计尖秃，淋漓酣畅。有笔筒的人都会有濡墨人生的，如古人所说，"无情何必生斯世，有好终须累此身"，是要用尽许多笔的。由笔尖而笔秃，舍不得抛弃，最后又插回笔筒。在人的一生用废无数笔的同时，居然用不尽一个笔筒。它的作用在起始时我以为是把玩，红木的细腻纹路使手感分外舒适。后来才明白它与毛笔、砚台、墨条、镇纸、笔架一道，固定了书房这个空间的氛围。感觉不迟钝的人进来，可以知晓主人的情怀指向，是前卫的还是怀古的——物感就是如此，它的发散远远超越了物用，已经不可囿于器这个概念了。

对于文士而言，书房无疑是最集中体现情趣之所在的，那些以为不妥的物件会放置在其他空间里，从而不生出抵牾。一个人的身份如果在厅堂里看不出来，那么书房一定会罄露主人的隐秘———一两件摆设就可以昭示明白。德国人洪堡曾经说："我们在圣费尔南多最感到惊讶的是栗椰子，它的出现为这里的乡间带来了独特的风貌。"

是的。每个人都有自己的栗椰子。

清晰的　朦胧的

　　阿兰·德波顿的文字有的我喜欢，有的就不喜欢了。譬如在一篇文章里他这么写："大广场的北侧长约 101.52 米，它是在 1619 年，由德莫拉建成的。这里的温度是 18.5 摄氏度，风向朝西。大广场中央的菲利普三世骑马的雕像高 5.43 米……"我不清楚他为何要如此运用数字，联系后边的文字，这些数字完全不必出现。数字多了，韵味少了——只能说每个人行文方式不同，如我则谨慎之至，尽可能少用甚至不用。此时是春天，信手写一幅书法，有人对我说落款应是二〇二一年春，而不是辛丑之春。数字让人清晰，"辛丑"则有人未必知，若再过几十年还得通过推算才知道是二〇二一年。

　　此说当然没错，就是乏风雅。

　　一个人对学科的倾向在小学时就显出端倪。三年级起，算术开始让我为难了。所谓算术，就是计算之术，总是一题在前，踌躇良久，最后答案还是错的。错的多了，见到题就心生忐忑，徒唤奈何。与此同时，语文却乘风破浪，也没下太大功夫。我觉得禀赋是有偏向的，真没办法说清。算术的升华就是数学了，这个抽象的世界比天大，难以下嘴。高考必定遭遇数学，尽管考前大部分精力都在应对，打开试卷还是眩晕不已——有些题根本不会解，有的只解了几步便戛然而止。文科生由于数学而折戟沉沙的并不少，这是需要另一套本事来应对的。进入大学我知道自己与艰涩的数学说再见了——学科的分类就是如此，越来越细。如果有幸使自己的禀赋契合学科，真是开怀无比。只是有一次，我路过数学系教室，见一位教授正在为学生解题——洁净的黑板上开始出现数字、公式和其他符号，娴熟中透着力道和美观。他写上一段，会回头看看他的弟子们，笑笑，接着再演算。当半个黑板被数字充满时，演算结束。他转过身来，轻松地拍了拍手，那一瞬间，很像庄子笔下那个庖丁了。

这是我第一次察觉数学的美感。

我曾以为我的职业再也不会与数字有联系。学生在教室里临帖摹碑，我来回走动，看看，有时说，"不错"。不错是一种赞赏，只是宽泛得很，但听者开心是肯定的。直到看见笔下不一般者，我才说，"好"！或者，我在台上说神采、气韵、风骨、格调，这些词明眼人一看都知道不可以用数字测量，全是凌空蹈虚，学生也就漫听漫悟。如同谁能看得到风？看不到风没关系，能看到那棵摇摇晃晃树叶如野马分鬃的棕榈，那就是风了。我喜欢朦胧、不确切这类美感，雾里看花一般，传达了古人笔意里那些微妙复杂的情思，浪漫神奇。锦瑟无端，良玉生烟，活性四处弥漫，使人歧见纷纭莫衷一是，才见魅力。此时是见不到数字的，如云霞如沦漾，全无定数。学期末，数学找上门来了，总是要给每一篇文章定一个分数，以便管理者比较高下。于是花一些时间，一篇篇看过。再没有比数字这么鲜明的了，数字说明一切，尽管是很丰富的人，很复杂的审美，终了被很简单的数字锁定。有位大胆女生拿着卷子来问，为何和同桌相比少一分，这一分是哪方面的问题？我只能说，当时的感觉就是这个数——每一个数字的落下都是刹那的判断，在这个分数、那个分数的背后是经验、资历，它们丝丝缕缕地交织起来，渐渐厚实，以至最后落下的这个分数成为这一学期某位学生成绩的定数，不可再改。

一个对数字迟缓的人遇上了数字的时段——总是要背上一些数字，以方便俗常的生活。实在背不下来，就把它储存于手机里，需要时取出来用。房子里的锁都成了数字锁，以六位数或八位数组成，主人在选择这些数字时有了权利，我都是和自己曾经的过往联系起来，使它们感性一些，譬如某个事件、某个铭心的日子，以此作为密码。数字介入生活越来越多，有时就淡忘了，游走于记忆之外，这时又得找相关的人帮助重输。数字的过人之处就是无情，指头哆嗦一下，输错一个数字，这道门就是打不开，如果有急事，心中就开始烦躁。至于已经离不开的电话，错一个字，则永远找不到那位自己要找的人。显然，头脑的负担多起来了——数字那么多，通常一串下来没有什么含义，让人记住是需要付出的。还好，俗世中人在过日子时不会遭遇艰难的运算，数字通常也不会过大，便一日日过去。我当农民时的田中劳作是七个工分，熟练的把式则是十分。我每晚会到小队部去，那里的人已经很多了，拿着水烟袋的，摇着蒲扇的，坐在那里等记工员的出现。记工员拿出一个本子，把工分填入每个人的名下。这个"七"字往往被他写得如同一个钩子，勾起我对更高工分的梦想——实际是，在我离开这个小山村时，由七进八的梦想并没有实现。

从未看到人们相聚闲谈时会以数学为主题进行讨论，我的理解是这个论题太小众，如果不是专门研究者，估计在座的诸位已经把数学忘得差不多了。解析几何，微分几何，射影几何，分形几何……啊，人生几何如何应对？所谓的闲谈都是以有趣的、可延展的人事作为话题，既然是闲谈，鸡一嘴鸭一嘴，没有人计较其中真伪，只是由闲谈生出小开心、小欢喜，让时间过去。主人宴请邀我参加，平时见他不时发表一些书法作品，是写米海岳那一路的，只不过写得雅化了，很有一些文气，我以为是语文老师——我不爱打听他人的职业，只是自己揣度。席中有人谈到麦家的《暗算》，渲染了这个幽深世界里的神秘、诡异和安在天、黄依依这些超人。他听了只是笑笑，站起来给别人夹菜，说这个菜是店里的招牌，不妨多品尝一下。我是离开后才知道他是密码专家——他可以和朋友很尽兴地谈王右军、黄山谷、董香光这些人和其他艺文门类，却从不谈他的密码——既然大家都听不懂，说出来让大家听了辛苦，还是不说。

阿兰·德波顿也有过这般感性的表达："一只黑耳麦翁鸟则高踞在松树枝上，神色忧郁。"这是多么可以回味的文字——狭长的朗戴尔山谷，幽深而碧绿，那是漫延到草丛的溪流在泠泠作响。我此生不会往朗戴尔山谷，眼前却浮动出这样的景致，而这只鸟的忧郁，如此离奇，它的神色让人产生漫无边际的联想。

这类表达出现后，数字就显得无力。抛开数字后的阿兰·德波顿笔调开张起来，森林中的一切都那么有格调，他认为橡树象征尊严，松树象征坚毅，湖泊则象征静谧……这些都是他情思的放纵，忽此忽彼，不可羁绊。如果说他有数字的随笔讲究矩矱，那么这类文字则是跑野马，也正由于此离奇，使他的才情奔腾而出。我想到几次的山村采风，进古厝，游古街，有些人掏出本子记录无休——年代几何，规模几何，人口几何，搜罗殆尽；另一些人则手戳在裤袋里，漫行漫览。

我更欣赏后一种人，真要下笔，就是写一种感觉。

摊开来　合起来

有人送报纸来，说："小区里就数你报纸多了。"我只是笑笑，无话可说。

二十岁那年，我觉得应该为自己订一份报纸，对一些事有所闻。我选了省外的一份报纸，是里边较多的文艺信息让我下了决心。那时在一个山区化肥厂，就是厂方订的报纸也没几份，而一个学徒工，从不多的工资里拿出一些订一份报纸，工友们觉得莫名其妙。下班了我就去收发室取报纸，如果丢失或者没送来，我就会焦急起来，很认真地询问，闷闷不乐，好像这份报纸里会有特别重要的信息。后来读了，也没那么值得期待。有时报纸还真没了，原来被同事拿去晒虾皮了，一张报纸摊开来那么大，真是再合适不过，后来他还真的还给我，阅读时报纸已经被海水的味道充满。

既然花钱订一份报纸，还真是字字阅读。通常我会摊开边走边读的，有些人看到我——主要是看到我看报纸的那个样子，觉得我太假了，一个机修工还装文化人的派。看完的报纸叠了起来，有人就来讨，去包东西或擦擦抢修后油腻的手。物尽其用，有时就是这样。

在我看过的一些谍战片，导演的设计里，报纸就是一个很有效果的道具——街市熙攘的人群中，总是有小报童窜来窜去，高喊卖报。这时地下党就出现了，叫住他，买上一份，而满大街的人遵守导演的安排，都不会去买。这也使买报纸成了地下党的专门动作。像许云峰他就特地买了一份《中央日报》，特务来检查时就轻易过关了，因为这份报纸的性质足以打消特务的疑虑。选择报纸这个道具和雨伞有异曲同工之妙，很轻便，可开可合，和长衫的形体如此默契，如果是一个全身短打的人和报纸勾连在一起，那就远远不搭。地下党常常是坐在公园的长椅上，把报纸打开到最大幅度，足以遮住上半身，装着痴迷地阅读，余光却透过报纸的边缘观察周围动静。如果不是报纸，还真想不出有其他如此廉价的道具。我当年的真实想法是通过报纸增长一些识见，但它的道具效果却超出真实，让我像个有文化的人了。

有一家专业报给我赠送了两年报纸，有往有来，我有时也提笔为它写点文字。两年后不再赠送，告知要阅读的自费订阅。这时我的想法已非工人时代，觉得有赠送就看看，不赠送就算了——生活中很多决定都是这样——不是本质的需要，也就可有可无。记得在研究生的毕业酒席上，我拿了两幅自己写的信笺小楷作为奖品，也就有两位学生抽中。抽中者会有点小开心，没抽中者仍然延续寻常的心情。订不订报纸与此大抵相近，即没损失什么。事实也是，这份专业报远我而去后，对我的专业毫无影响。就像每人每日的食用量、种类，少一些多一些关系不大，人时常生长。比较可能的是一位熟稔的编辑离开后，这个和编辑常年联系的作者也不见了。也许作者不想再写了，因为那个赏识自己文风的人走开了。即便如此，报纸依旧天天可见，并不因为某个作者搁笔而留白。我一直在想着这种疏松的联系，双方都是自由的、独立而为的，都有各自选择的思考。

剃头店的椅子上总是散落着几份报纸，都是当日的，让排队的人翻看，缓解排队的焦躁。报纸都是俗常的、有故事的，使人看得安静下来。有时我剃完头还是坐下来，把没看完的继续下去。同样一张纸，可承重，也可承轻；严肃的要命，诙谐的可爱，就看订报人如何选择了。

如果一张报纸有一篇文章能够对人有裨益，那么这个等待剃头的时光再长也不会焦急，心里暗暗庆幸在这里遇上了，剃头反而像是捎带的。报纸是可以留住人的，否则性急的人扭头便走，报纸把他们勾住了。不过我从未在剃头店里看到倾心之作，常常是翻过来翻过去。当这一天过去，这些报纸完成了抚慰顾客的任务后，明日就不见了。报纸很像前浪后浪，不断地出现，然后又被推走，如果舍不得丢弃的人，时日久了，如同把一条大河收藏起来。

　　我在这个老人家中看到了堆垛起来的许多报纸，如墙中之墙。小平房上瓦片不够严密，有的报纸承雨水，已经黄了起来。他说这些都是从订报开始累积下来的。问他还有用吗，他说："可能有用。"一个空间拥挤沉闷，往往是因为"可能有用"的念头形成的。很多年过去，一次也没有用。这些报纸是当年研究生按他的要求站在凳子上摞上去的，研究生毕业好久了，报纸的年月顺序老人早忘了，再说他也没气力站凳子上抽出那有用的一份。他坐在报纸堆中看书、写文章，特别是冬日的夜晚，这么多报纸似乎都会散发出温热，使他暖和多了。他这个年龄的人是远电脑而亲纸张的，后来的报纸有时增加到几十版，内容更加丰富，更坚定了他"可能有用"的认识。报纸和杂志不同，更不同于一本书，今日读今日毕，有无感受皆在今日，再回头阅读的可能性很小。这也使我们在废品收购站会看到大量的旧报纸，而看到杂志或书则少得多。

　　现在，老人家中的报纸估计处理完毕了，露出雪白的墙体。对一个家庭来说，一个时代过去了。

　　有一段时间我为老先生查资料，这些资料沉入一些旧报纸里，报纸比我的年龄要大得多，它们由专人看管，按规定我是没有资格阅读的。这个宽大的房间里我还没有看到第二个人来翻动报纸，也就显得寂静之至。管理员本身没有什么兴趣——我发现很多这样的现象，看守博物馆的不喜博物，看守图书馆的不喜图书。所以我进去以后他就说："你查吧，我有事出去，我把大门锁起来。"房间昏暗，开了灯变成昏黄，和昏黄的报纸色调相抵。有时我按老先生的提示找到了这份报纸，却没有他说的那篇文章，就像门牌号弄错了，那个人找不到了。有时找到了，却已经破损——老旧之物就是这样，不是那么完好，散发出来的气味也让我迫切觉得管理员应该要来了，要放我出去呼吸新鲜空气了。《伪装者》里的黎叔每隔一段时间就买一些十多年前的旧报纸来破译，试图从报纸中发现他儿子失踪的痕迹。报纸买了很多，踪迹却没出现。无数的报纸就是一个个汪洋，有些信息会浮泛起来，有的则沉于海底永不相见。还好，在经历无数失望之后，他终于抓住一根浮出海面的水草，解开所有谜团，宛如天开。算起来，这份镂骨铭心的报纸，值得他一生收藏。更老的报纸则被有关单位深藏着，再没有让人翻来覆去看几回的义务，它要成为某种象征，或者标志，从而产生意义。此时，它远远超出了买一份来看看这种俗常的认识。

　　我想起了一张报纸与人交集，可远可近，可长可短，可深可浅，如同它的可开可合，自由自在，只是每一个晨起，它还是朝日那般出现了，让我们看到。

向上的　延伸的

在这个庭院坐了下来，让初春的阳光沉浸着，温度正好。这个充满旧时气息的村子，由于这一家有一个宽敞的庭院，使人愿意久坐一些时间。显然，是空出来的这一大片面积给予的。主人只盖了一座楼，余下的就铺垫成庭院，摆放一些枝干卷舒的盆景，边角种三两棵树，闲散气息便萌生开来。大阳伞撑开着，下面是一方茶桌，待到阳光再展开一些，就到阳伞下喝茶。边上的邻居另有想法，地面都用来盖房子了，绝不虚置。实则家中没有几个人，不必如此大兴土木。每个人对空间的态度都是不同的，有看重实用的，以为空出来就是浪费。艾伦·狄波顿觉得每一种建筑样式都是主人对幸福的理解，不可置换，否则，住在里边的人就不开心了。顺便到邻居家看看，一开门就是厅堂，再进去就是一间接一间的住房。材料显然多得多，堆叠、镶嵌，实用的愿望太强，也就让人生出一种紧张感。空间可以调动人的感官和智力，或简或繁，或深或浅，各有情调。"庭院深深深几许"，为什么要如此强调纵深呢？要让客人们走过这么一段长长的路程才能见到主人。那么，客人向深处行走的时候，便看到了庭院四周的一切。这时，空间还是物质性的吗？能用尺度来衡量吗？相信他还未到主人面前，已经心知肚明——他在情怀上与主人是近还是隔着鸿沟。

我第一次到鹤峰原时，村领导问能不能为村上的小学写个校名。我只能说可以。接下来就是去找墨汁与毛笔。墨汁找到了，从瓶子上看不知放了多久，上边一层水，下边一堆墨泥，于是折根树枝咣当咣当搅拌一阵，让水与泥融在一块儿。毛笔始终没找到，小黄去找了一块抹布，我卷了卷，倒出墨汁，在一张粗糙的纸上写了起来。村子里很有人气，孩童多，奔跑追逐，稚声稚语，生机萦绕。从空间上观察，地广人稀是普遍的现象，一个自然生长的村子，和外界没有太多的瓜葛，相对安定，如果没有外力来冲撞，一代一代延续下去是没有疑问的。很多年过去，我又来到鹤峰原，我写的校名还在门楣上，制作还是用心的，红漆也没有脱落多少，可是孩童、声响都不见了。爬满锈迹的大门敞开着，进去看看，杂物堆了不少，鸡鸭营巢，还摆着一些蜂箱。没有孩童的奔跑踩踏，杂草就飞速地生长，是一种萧索的气味。《克兰福纳》里写到一个空间问题："自打我上次拜访小镇到现在，没有人出生，去世，或结婚。大家都住在原先的房子里，还是穿着那些精心呵护但款式老旧的衣服。"我断定这是小说家的笔法，空间要是如此平衡、静止，是会让人发疯的。空间就是一个不断蓄积又不断泄漏的储存器，一直在运动着。一些人不在这个空间出现，就肯定在另一个空间冒出来。空间被选择着，越来越空，越来越挤，这正是人群游移的结果——寻找一个安放自己的场所，像苔藓那样，紧紧地吸附在上面。

每个人都在努力寻找一个寄居的空间。这个空间有别于公共空间，不是什么人都可以抬脚进出的。有经验的空间者，可以把一套房子分割成几个独立的居室，分别由几个不相识者租住，虽然空间小点，功能却都具备——租一个小空间，与他人无涉。小而安，作暂时计，以后肯定要在追求改善的道路上奔跑的。诺伯舒兹认为："建筑师的任务是创造有意义的场所，帮助人定居。"如果携带这样的理解从事建筑工作，建筑的人文温度理应大大地提升——不一定要把建筑都视为艺术品那般雕琢，视觉盛宴说起来是转瞬即灭的，不及对实在生活的倚重。譬如一个人搬了好几次家，放弃了这座建筑，追逐另一座建筑。并不是像孟母三迁那般出于对礼义的渴望，而是建筑出了问题，让人逃避。譬如声响的侵入，声响是看不到的，却可以让人慌乱，无可阻止。设计者考虑了整体的构建，却忽略那些轻盈的缥缈的因素。它使我们明白，任何一座建筑都和周遭有千丝万缕的联系，并非独立存在。这样，设计者的实验性思维在不断实验中，有希望接近美善。不可避免的败笔是大地上丑陋的伤疤——一位书法家在宣纸上纵横，写错了，写糟了，揉掉重来，顺手的事。而建筑，不想让它隐忍地存在，就得耗财力来处理这些冰冷与坚硬。建筑被置换的命运是明显的，一个笔画简单的"拆"字刷在墙面上，这一区域的建筑倘若有知，都会瑟瑟发抖。在夷为平地的同时，会有几座屹立不倒，那一定是承载了某些使命，意义远远大出。土木大兴，便有一些未及完成就停滞下来的建筑，以无可奈何的品相面对熙攘的人群和车流，风吹雨打的时日多了，也就渐渐老去，远离当初动土时的气派场景。与它无干的人视而不见，与它相关的人只能等待，不时打探是否有复工迹象。建筑背后是蛛网般人的纠结，谁都知道不会轻易解开。这类建筑在哲思的人看来就是一个象征物，它没有使用的功能，却推进人的思索。

　　许多外出的时光都是看建筑，乱花迷人眼一般。山村的、乡镇的、都市的，依山的、傍水的。建筑高于头顶，让人仰望。德国人说建筑是凝固的音乐。时日久了，这里少一个调子，那里缺一个音符，即便有人来弹唱，也是不成腔调的，最终还得靠想象来还原它的调性，是黄钟大吕，还是夜曲轻吟。一座建筑的完成，离设计师的本意相差多少，施工者有没有如实呈现，估计只有设计者才知晓，只是木已成舟，不再计较。文士挥毫，一人自足，再一个人就属多余。而建筑动用的人太多，都在下力，各存想法，形成一个公众的产品。一个产品大功告成，又开始另一个产品的设计，它们中的新颖者，可以称为艺术品，达到这样的品位自然无多。就像一位文士写了不少文章，可称经典的似乎没有，却乐意一直写下去。建筑是有形的存在——一些建筑在地面上消失了，也就不能再称之为建筑，青草覆盖在上边，泥土把基础遮埋起来。由于肉眼看不到，人们依凭史实化解抽象，强调它的文化价值。不少遗址是建筑的孑遗，于是立碑。在标有遗址的碑跟前，一个人会想什么，一定是千差万别的，凭空而想大都如此。消失胜过存在，模糊胜过清晰——韵味还是这般最好，而不是在遗址上又有仿古楼台兀立起来。

建筑向空中延伸，高可摩天。它的好处就是满足不同人对于高度的选择，有的想接地气见草木，有的想揽飞云蹈虚空，皆可寻找到自己心理上适宜的层次。真像元代刘将孙说的："套类分蜂房。"蜂房有了，每只工蜂就倾心营造自己的小环境，以便安放自己浮游无定的心绪。繁复的、简洁的，欧式现代的、中式古典的，据此可观人的脾性。已是设计师的萧同学说，他们夫妻俩费了气力，把一座别墅还原成了毛坯房。我想，这是另外一层意义的毛坯房了——在还原它朴素、粗涩、平淡、清空的本色时，毛坯的内涵丰富饱满，它富有启发性的那部分尤其突出，给人遐思的余地。不合时宜、反常合道地应对空间，显示个人的独异之见，是需要执着的力量来支持的，这比寻常的处理更具有挑战意味。就如做一桌荤菜，难度不大；而做一桌有滋味的素菜，名目有素排骨、素腰花、素大肠、素猪肝……还真生生把人难住。

理想的空间构筑了个人的心灵图景，它具有搁置的功能，而不是兼适众人。如果简单地判断，就是一个人从外边回来，把大门关上，便生出闲散、松弛甚至慵懒的情调，那么，此时可以坐下来言说空间舒适这个话题了。

自将磨洗

　　这座海中的小岛，往日摩肩接踵的人流如同潮水般地退走了，进入岑寂。谁也不知道，下一拨的人潮，什么时候会又一次汹汹而来。

　　寥寥无几的行者，如果不想住下，他们的步履往往是匆忙和急促的，在小巷里穿行，走马一般地张望，试图在夕阳西颓之前，目光掠尽所有。孟郊有两句诗表达了这种过人的眼力："春风得意马蹄疾，一日看尽长安花。"——行旅往往如此，满足一个眼神，横扫一番，便以为看到了。德波顿曾经自问："什么是旅行的心态？感受力或许是它最主要的特征。"真要如此，那还是要住下来，再言说感受。

　　我在这个岛上最高处的一个酒店住下。唯住下来的人在凭栏看夕阳时显示出了悠闲和慵懒，和匆匆赶往码头出岛的人形成对比——心境就是如此，在这个没有车马的岛上，看一个人的步履，就可以知道他的心境是平和还是急切。

　　离我上次登日光岩，已经过去很长的一段时间了。那一年高考前，我取道这个滨海城市，准备回老家复习一个月。我上到岩顶的时候，看到满满当当的海水，不觉有点头晕——决定参加高考以来，睡眠如此之少，看人看物都是迷迷蒙蒙。日子就像变动不居的水，不曾安稳过。登高的确可以望远，但是远望也望不到即将到来的高考命数如何。那是一个晴明的午后，可见度非常高，我的内心却浓云密布难以廓清。这一次登临则是清晨，一路无人，拐了几个弯，拾级而上，毫不费劲已到顶点。四望还是海水，无边无际，和当年我看到的毫无二致。想着当年忧心忡忡，现在却早已完成学业成为教授了。其中无数的情节，都浓缩在两次登高的中间，已无从细数——一个人的追求成功了，就没有必要回顾，只是觉得和那次最大的差异就是神清气爽。至少，已经有充足的睡眠来支持前行的步履。

一个人在高处的时间不会太久，就算迎迓天风海涛，壮怀激烈，却也不胜寒、不胜晒。这个城市的台风来时，没有谁愿意如一片叶子，在顶上被风吹落。这样，每一位登高者在顶上短暂停留之后，还是下到平地，毕竟这是比顶上更让人安心的地方。奇怪自己当年在高处会涌出许多的想法——时势在剧变之后，每个小青年好像都是思想家，都想展示一番见解，见出不凡。其实那些年都没读什么书，被革命的潮水推搡着，混混沌沌，却如此想指点江山。现在则没什么想法，眼神平和宁静——人的想法终了会越来越简单，没那么多值得表达的，如果秉烛夜行，其光亮能够自照其行，也就够了。

在通向日光岩的小道上，我见到了曼陀罗，花丛不大，花朵累累，色调由嫩到干枯，浅绿、淡黄、金黄，像无数的喇叭垂落下来。上一次见到曼陀罗是在去昆明金殿的路上——看到同一种花居然要几年的时间。我是在翻读旧日言情小说时才知道曼陀罗的意味——暧昧的、隐秘的、情欲的，使它在万千花卉中独异。种花人选择了曼陀罗，不知是偶然还是有意，种下的曼陀罗却是越来越大了，枝叶繁茂。在水分充沛的南方，大量地开花，保持很长的花期。不认识的人看一眼就过去了，识得花名的人看一眼也过去了，唯有从旧日小说中看到它的人，此时心绪浮动，想到它的来世今生和它象征的那些艳冶意味，让人惊怵。如果要列举一种花和曼陀罗相近，或者有所勾连，我只能倾向于夜来香了——同样是一种被赋予欲望的植物，它装饰于不夜的都市，让人兴奋而不是让人安息。一些拐到我家这条小路上的人会嗅到夜来香的馥郁，揣度是从哪户人家飘散出来的。他们当然不知道我在后院种下这棵花树，也源于对夜间抱有一种生动的期待——此时，它们正张开无数细碎的小嘴，香气弥漫。如果不是自己栽种，难以观察到这种反常规绽放的状态。总有一些花被赞美，总有一些花被放在对立面，慢慢就成为定势了。

一个岛的韵致，是那么多老建筑给予的。本土的、西洋的、南洋的，当初是用来居住的，而今让一些毫不相干的人，进进出出，指指点点。那时的人物都隐于别墅之后了，别墅成了他们的化身。海风吹雨，常年浇淋，目之所及都是沧桑容颜。石坚硬却不语，任由三寸柔软之舌说去。一些家族资料保存得比较完整，使人有了顺畅表达的可能，轶事与轶事相贯通，使过往不至于如烟。但没有多少游客想记住，只是走走看看，看看走走，甚至懒得听导游引导。比较的本领是与生俱来的。有的别墅峥嵘突兀，惜地如金，便密集排列；有的别墅则不吝留白，草坪延伸，花篱巧设，以此见闲逸之趣。富贵是首要的，然后才从容言说建筑的规模、样式，让美感悄然渗入过程的细节里。如果细加琢磨，建筑就是各色人等，以独异见出，连同情性、趣好。一些别墅门洞大开，另一些别墅尘封已久，浓荫匝地，叶满庭除，强健的榕树根脉时而浮出地表，时而潜入土中，纵横恣肆。可以推测多年关门的内部是怎样一种衰飒——建筑的不可移易，注定在此矗立，也在此倾圮。主人的后代星散，有自己不同以往的生活，那种几代同堂子孙绕膝的热闹家族景象早已不时兴了，别墅的空置表明伦常生活早生变故。甚至再过几代，都记不清祖上有一座嵯嵬的建构立于此地。日子就是这样，以变数让人目瞪口呆。现在，进出的人把别墅当作一件艺术品，欣赏主人的匠心和寓意。由于门洞大开，也就没什么悬念，径直登堂入室。有神秘感的则永远是大门紧闭者，一个家族的秘密全系于一把生锈的锁、两扇紧闭的门，里面的很多人事，不必为世所知——秘密在如今这个开张的世道里，越发珍贵了。

很多年前，我憧憬在这个月光如水的小巷里漫步，微风轻拂，树影婆娑，会有叮叮咚咚的琴声越过别墅的围墙，如珠玉跃动出来。那么，这样的夜色就太有诗意了。憧憬多半是虚空的，不必强求这个拥有众多世界级的钢琴的小岛，一定要有琴声作为引领。四周静寂里，稀疏的脚步声，由近而远——那些从小岛上走出去的钢琴少年，后来都非同寻常。这也使琴声和岛联系起来，对岛上的声响有特别的期待，由琴声想到优雅、天才，想到涵养、斯文——如果能源源不断地有这样的天才少年出现就好了，很多美好被人寄予很大的希望，就是抽刀也不能断流那般，一直向前。可是现实并非如此，没有就没有了，不赶紧看、赶紧听，就成绝景、绝响。宫宝森带着宫二小姐逛金楼，宫二小姐问："爹，您带着亲闺女逛堂子，这什么说法？"宫宝森说："这天底下的事，你不看它就没有了，看看无妨。"人这一生总是想抓住一些大的、重要的，所听所看谈不上什么大事，却也要及时，若风景凋敝、声响随风飘散，那时捕捉纯属枉然。福楼拜在他父亲去世之后就抓紧去了埃及，去看他自幼喜爱的骆驼，听它们那独特的叫声。虽然道途迢遥，他还是为能听到、看到心花怒放。时日过往，带走了一些声响，让期待的人怅然若失；继之而起的另一些声响，与之相比又有天壤之别。钢琴声的美妙，和着那个西装革履的时代，有人操着不同国度的语言，掭着文明棍，遛着狗，海风吹过，纱巾拂起。舞池里华灯璀璨，舞裙翻飞，舞步轻盈，舞者四目相视，神采飞扬。我一直觉得那个时代真如古书说的，"东风解冻，蛰虫始振，鱼上冰，獭祭鱼，鸿雁来，草木萌动"，是这么一种生机状。

声色是挽留不住的，如同挽留不住眼前的风。

岛上无车马，想多看些景物，就得不吝脚力，上台阶，下台阶，上上下下，没完没了。想当年小脚女子也如此，便觉脚力于人之重要，可度人由此及彼，到远方，或返回故土。记得徐弘祖是最擅长行走的人，一直走到双足俱废，所见也多，所听也杂，终了让人抬回家去。外国擅行者则推华兹华斯，一生大约行走十八万英里（约二十九万公里），而后著述。行走使人融入场景，获得现场感，以至言说比其他浮光掠影者有底气。岛上长居，所行走的里程也必然胜岛外人群，尤其在旧日时光，擅行走者总是给人以勤快的美感，乐意将事务托付给他。来岛上行走的自由主义者，常常不屑于结队组团，一个人背着行囊，任己意而行。行走显示了自由，脚力是不必倚仗他人的，于是去了一些众人未能去之处——总是有一些原因，一些所在为人不知，或者安全不具，反而成全了这些自由行走者，使视觉抵达内部，获得欣喜或者惊恐。总是多数人看到了寻常，少数人看到了异常。人的自由体现在行走中，就是摒弃他人的安排，率性是行走最高的境界。《康熙王朝》不止有一处如此展开——康熙旁若无人地走在前面，大臣们紧随其后。脚力比康熙好的人也不敢蹿到前面去。每个人都被规矩制约着，当快则快，当缓则缓，千万不要因行走给自己带来麻烦。行走还是本乎快乐的——在一个出了家门就要行走的岛上，每一个人都要打消借力的念头。很多方面是可以通过借力来达到自己的目的的，但在这个岛上，还是会促使人倚仗自己的力量。由于不求人，行于所当行，也就无须看人眼色，一身轻松了。觉得人生若常如此，甚好。

　　岛、教堂、城堡、荒原都有隐喻的功能。甚至连一张桌子、一个火炉也如此。鲁迅曾如此说："即使搬动一张桌子，改装一个火炉，几乎也要出血；而且即使有了出血，也未必一定能搬动，能改装。"一个被海洋环抱的岛屿，和外界相对剥离，如果没有渡海的舟楫，人要进入岛内是有难度的。这也使岛内的节奏缓慢得多——没有那些显示速度的器物，就是一个人整日如夸父般奔走，又能跑多快？加上闽俗对工夫茶的偏爱，工夫茶就是为了消磨时日设置的闲情之饮。听惯了涛声的人们，熟悉了这种永远不变的声调，好像世界的速度永远如此。热爱快节奏的人相继搬离小岛，应和起外界的速度，跟不上的就不必勉强。每一个人看世界的态度都是不一样的，完全可以从对待速度看到骨头里——有的人乐意像孔子那般奔走，五十五岁周游列国，回归鲁国已是六十八岁，真是一个不倦于快速度的人。有的则效老子，居于小，交于寡，鸡犬之声相闻，老死不相往来，守住自己小小的摊子。在我的感觉里，作为隐喻的空间，都散发出老旧的、沉闷的趣味，有一种慢慢暗下去的趋势。这方面，《花样年华》做到家了——昏暗的里弄和逼仄的过道，光线让人不知晨昏，玻璃上总是布满尘埃，栏杆上也都是铁锈，操着吴侬软语的、粤语的、普通话的人，以及麻将推倒的驳杂之声。苏丽珍出来了，一次又一次穿着色调不同的高领旗袍，轻盈地走过。一些人沦陷在旗袍里，绘声绘色，另一些人却看到了 20 世纪 60 年代的香港，身份、观念、感伤、焦虑、宿命。就像一个岛屿，如果只视为一个物理空间，那就浅薄了。是人的介入，百年、千年，使它深沉到不能量化，难以言说。

汪洋包围的岛屿，前身荒凉。乱石堆积、杂树滋长，禽兽交集。而后人来，筚路蓝缕，将其辟为安身之所。往往是这样，在无人处拓荒，让人气驱散静寂，使人的力量彰显。长期被黑暗禁锢的空间，终于绽放华灯。岛的进展朝绚丽方向发展，在色调上有了共识，大量使用红砖，人内在的火焰，逐渐遍布，使人在海的那一端可以看到它的光芒。巨石也大量地运用着，切割打磨成巨大的圆柱，使这里充满站立的沉重，以屹立不移对应游移不居的海水。一个置身于海中的小岛，注定要迎接四面风力。狂风来时，大树浑如一棵葱、一茎狗尾巴草，俯仰顺势。这些倒伏的大树，有的继续生长，使行者看到生的另一种姿态——一棵参天大树不一定就要直立，在外界的压力下，屈从地倒下也足以安身，可以庆幸又一次狂风来时，枝叶无损。生的方式是多样的，竖着生的，与天际相争，真有一股子英雄气，张扬得很，使人觉得本应如此。一旦倒伏横生，它就生出意义来了，让人想到无常，想到卑微。经历一种变故的树，像一口哑了的钟，不再当风有声，能活下去已是万幸。在马丁·瓦尔泽的《童贞女之子》中，有一个情节真是令人遐想——奥古斯丁·法因莱茵教授有一个嗜好，就是每一个周六都会去莱茵河畔的一个桥头，扮演一个一动不动的银装肃立者，天如此之寒冷，他还要求自己面朝对岸的维戈尔芬城堡。我不知道他这么做究竟意味什么，但有一点可以肯定，作为动个不停的人，此时自觉地扮演如同一截树干的形象，一定是在尝试新的感受——除了外在不动，内在也要不动，使体验最大化。可惜的是他为这种不动的体验付出了代价——作为肃立者死于街上流氓的恶作剧中，不能像一棵倒下的树，充分调节之后，又抽枝展叶。

风是看不到的，我们只能从倒伏的大树、翻飞的瓦片和洪波涌起的海面测量它狂怒的等级。既然选择一个岛作为栖身之地，也就要坦然接受，在狂风纵横之后，走出家门，收拾一地残破。动荡无休的海水终日冲灌岛屿的边缘，一拨海水流远了，另一拨海水又临近了，试图从边缘啃噬起，涌入核心。建筑越来越密集，物质材料越来越厚重，抵挡了海水的不懈进退，使人在俗世日子里不必小心翼翼，担惊受怕。晚间，两个人躲在坚实的别墅里，听听音乐，有一搭无一搭地聊着，和坐在太平轮上的那些人仓皇的心思是全然不同的。安全产生美感，汪洋中的陆地就是为了美感的产生而设置的——是陆地的凝固，使人可以不用再像迁徙的鸟了。只要不出岛，终日可以在巷子里走，去买一束花，去听一场音乐会，或者找一处碧绿的草坪，坐下来看看夕阳。

老子说："天下莫柔弱于水，而攻坚强者莫之能胜。"他太夸大水的力量了。岛上人家未必以为如此。

我想起，有一次病中的鲁迅在深夜醒来，唤醒许广平，要求她打开电灯，让他看来看去地看一下。他看什么呢？就是看墙壁，看墙壁的棱线，看熟识的书堆，看书堆旁的画集……风雨如磐，人在病中，还是在乎看一看，尽管在自己家中，已熟悉之至。一个行者的岛上时光一定不会太长久，陌生感催促他不停地走，不停地看，看到既往的绚丽和此时的素淡，既往的沉实和此时的虚空。对一个曾经具备优雅风范的岛屿，我还是有所期待的——尽管我说不清，究竟在期待什么。

寻常日子里的漫游

　　到了一个山庄，见了散养在森林中的鸡群，如云霞般地奔涌，色调斑斓。林子如此之大，任其追逐争斗时现时隐。主人让手下费了一些气力才捕获两只，提在手上，被它们奋力地挣扎露出不安的神色。接下来是一位农妇熟练的动作——锦绣落了一地，白色的肌肤显现出来，锋利的菜刀起落，两只鸡相继成为有弹性的肉块。柴火升起来，下锅了，简单朴素地烹调，到了晚饭时光，已经熟透。这一大盆美味放在桌子的中心，周围是七八碗时新小菜。鸡汤之香，让人口舌生津，依次动手连肉带汤。本来是一定要赞美的，可终了还是觉得没有那么美妙。从捕捉到出锅，我都是看在眼里的，味觉却会如此，不禁有点绝望——再也回不到过去了。记得《花样年华》里，周慕云和苏丽珍分别回到曾经居住的那个狭小的空间，他们的情感是在那里生出来的，而今物是人非。在观众内心惆怅不能释怀时，字幕及时地出现了："那个时代已过去，属于那个时代的一切都不存在了。"——其中就会有少年时的味觉。

　　凡是吃鸡，我都会想起明清远。

　　有一个晚间，太平公主提了一只烧鸡给明清远，送烧鸡当然是次要的，公主的本意是想让明清远给她算算前程。明清远居然当着公主的面，毫不掩饰他对美味的迫切喜爱，居然把整整一只鸡给吃光了。太平公主静静地坐着，感受他吃鸡的快乐——他在吃完之后，还不忘把左右手指头放在嘴里吮了吮，然后把鸡骨头包起来，进入正题。这应该是明清远在感业寺最开心的一个晚上，够他回味一段时间。这也是我看到的最香甜的吃鸡过程。时日过去，不是鸡的味道变了，而是人的感觉变了，与之相近的好看好听好玩也变得不易起来。太平公主问："好吃吗？"明清远说："好久没吃肉了。"好久——由于在时间上的缺失，使他特别珍视这次的品尝机会。对物的情性之真大抵如此，不遮不掩，如醉如痴，精神上很需要，肉体上更是饥渴，很快就接受了一只完整的鸡。如明清远这般对食物的渴望，我们看到的大抵是古代英豪，三国的、梁山的，酒碗如此之大，酒倒得流满桌子，肉块砍得如此囫囵厚实，怎奈何细细切来——日子不需要那么多精致细腻，放开才是，斯文不及野犷，尤其在美味面前，不必矜持。

感业寺的这个夜晚对两个人来说都是难忘的，太平公主得到了指引，而明清远也因为一只鸡感到美好。

到了江南这个水乡小城，我已习惯住在临水的一个饭店里。很巧的是，几次活动，主办者也都订下这个饭店，让我有一点小欣喜。饭店的价格是高了一些，感觉好了，价格高真算不了什么。晚饭后我撑着伞从后门出去，右转，沿湿漉漉的石板路走一段，就会感到越来越暗。草木繁茂，灯火昏黄。同样湿漉漉的石桥出现了，拱起的背上不断地淌下水来。小巷幽长，茶榭无人，灯笼高挂，落叶下来。流水两岸白墙黑瓦，人在里边，静谧无声。这段有点古意的路程很短，不能再走了，再走就是彩灯缤纷的大街。有时让人奇怪，这个小空间似乎被遗忘了，让它留下不动，去对照正在越来越快的节奏和新异的景象。当然，我喜欢这个饭店并不是如此，如果不说，它就是一个秘密，像一个秘方，由自己一人守着。每一家宾馆、酒店，都会准备一些信笺，大的放在桌上，小的放在床头柜上，用个皮夹子夹住，以供客人写意。饭店和饭店是不同的，大到格局、星级，小到一张信笺，都透露出主人内心的纹路。我见到底色淡黄柔和的信笺了，浅浅的水墨图案，小桥流水，饭店的名称是一位旧日名流的手笔，古朴稚拙，手抚上去，有厚度，还有一丝摩擦感。第一次入住时，我抽出笔，在上边信手写下三两诗句，甚好。我对纸向来上心，不断地买纸，接受他人的赠纸，而又渐渐地把它们用尽，再买，再接受赠纸，没完没了。有时碰到很适宜的纸，真有些按捺不住；有时碰到的纸徒有其名，便难过起来。客于这个饭店的几天里，我信手在如此雅致的纸上挥洒，大大降低了会议的枯燥。也许，这些客人们会记住这个饭店别具匠心的设计，还有正宗的江南佳肴，却没有人会存心思于或大或小的信笺上——毕竟，没有几个人还在纸上动笔，因此，这些信笺都会纹丝不动地躺在那里。我向服务员要了一些信笺，她当然不会给我很多，她完全不知道有一个客人对此有了兴致，多多益善。

记得那次开会的几天里，由于主题确定了，即便每个人舌灿莲花，说的想的大抵相同。不同的反倒是会后的自主时间里，有的去喝酒了，这里的古越龙山味道不错；有的去品大佛龙井了，顺带看看茶艺表演。更多的人则闷在房间里，并不外出交流。我面对这样的信笺，觉得不狠狠写几封信真是枉过。想一想，我已经有一个月没有写信了。

接着，上一位新朋友家雅集，看到他气派的楼房。虽只三层，但面积广大，上好的砖石材料镶嵌，透露出硬锐之气。物尽其用，还是多出了许多房间，可谓宽裕人家。

值得说道的是后来——后来，楼房背后的邻居有一块地要出让，他这时正好赚了一笔钱，就毫不犹豫地买了下来。村子里的人都以为他必定再起一座楼房，租给那些外来人群，轻松地坐在家里看银子进来。出人意料的是他不建高楼，而是让人设计成后花园。后花园清爽不俗，假山拙朴，流水潺湲，花木扶疏，草坪新绿。尤其是主人执意在后花园掘出的那一眼水井，甘甜清冽。月上中天时，井底晶莹一片，丢一枚小石子，霎时碎银般闪烁无定。井沿滋润，生出绵软的苔藓，蜂蝶飞来，伏于其上。这眼井既大大增添了后花园的品质，又使主人一家闲暇时，获得了挽绠汲深的乐趣。尤其落日时分，让人不知有何尘事牵绊，只是心思淡然。再后来，又是后花园后面的邻居一片果林出让，他再次解囊将其买下。果林种类繁多，黑压压一片，荔枝红了，柚子黄了，杨梅紫了……色泽浅了深了变动不居。果树任其延长，野犷之气生焉。管理不是太上心，果实也就不会太硕大，却都是自然而然的滋味。亲朋好友带着孩子们来，架上梯子，自己采摘、品尝，也如一地自然而然。

如果只有楼房，主人也全然可以在酣睡中笑醒。想当年祖上传下来的矮小土坯平房，在自己手上成了拔地而起的高大建筑。这是多么巨大的变化。后人真是崛起了，至少他这一支，堪称是能够绵世泽、振家声的优秀子孙。我看中的只是后花园、果林的出现，是它们提升了主人的品位，并由此可以言说情调。记得清代才子袁枚说："人之一身，耳目有用，须眉无用，足下其能存耳目而去须眉乎？"美感是隐显未定的，有的人感觉到了，有的人浑然无觉。

很多时候，我自己的一些感觉在别人看来是散漫迷乱的，因为太小，不值细究。只是我自己觉得很有意思，便默默地进行了一点随意的延伸，得到一点小欢心、小开怀、小得意，它们以小的形式出现，进入我寻常的日子，使我在日复一日的重叠中不觉寡淡。

夜半起来的人

　　那年高考过后，有一段时间我还是会在夜半惊醒，从床上起来，睡意全无。有几次还走到简易的桌子前，准备解题。笔拿在手上，才醒悟过来——高考已经结束，估计要被录取了，此后再也不用费神解决如此晦涩艰辛的试题。和我同宿舍的工友说他几个月来都在夜半看我起身，桌前的灯光也使他有规则地跑到外面，上一次厕所。他觉得我如此用功，如果还考不上真是没有天理了。一个人在必须熟睡的夜半一骨碌爬起来，气温如此之低，内心没有一种力量还真挣脱不了被窝的温热。可以猜测，大多数人在酣睡静养，个别人起来，他一定是有比酣睡更紧要的计划。那时候高考是很个人的事，得不到支持或同情——一个人的想法与众人不同，要得到理解几乎没有可能。自己的那一份工作照样不会减少份额，至少不要出差错，否则都会有账算到参与高考这件事上。我只能夜半起来，削减自己睡眠的时间，看能不能把解题的动作稍稍推向熟练。夜半使人感到深沉和幽静，宿舍面对田野，卸去沉重的土地进入岑寂。稻根泡水开始发黑腐烂，蚊虫早已绝迹。我翻书做题几个小时后，会把灯熄灭，走到宿舍外边，看看田野朦胧的样子。田野由于广阔而昏暗，并未深入到黑暗，似乎可以看清什么，可真看清又做不到，想想自己此时也是处在昏暗之中，正在等待黎明的到来。工友有好几次说我吵了他，我说你要不也一起复习一起参加考试，因为他还读到初一，比我高了一届。他用数学来说话——现在是正式工了，每月四十余元，已经很可以了，加上自己有一手漂亮的修理技术，外出帮人检修，也有一点额外收入。真考上了，工资没了，还得贴钱读书。数学的推算使人无语。只能行于各自。他这般是正常的，不像我有点焦灼、惊慌，夜半一定醒来，夜游似的。

一个人的正常和反常，肯定都被一些自己认可的原因支持着。

《暗算》中阿炳这个人，我一直疑心他的真实性。一个人的异禀达到这个程度，的确是反常规。由于双目失明，他的耳听就特别发达，并不具备多少专业知识就大破敌台，成为国家英雄。一个人的耳听善于捕捉世间的纤毫之响，并辨析其中差异，只能归于天赐。天赐使他难以安宁，世界的嘈杂直贯双耳，挥之不去，就是夜间，也要选择远离镇上人群，到桑园才能安睡。那里是自然的万籁之声，如星辰闪烁无定、点点滴滴，他倒可以忍受。最终他还是毁于过人的听觉——他听到婴儿生下来的第一声啼哭，顿时明白并非他所亲生。寻常人处处寻常，无须某方面灵异也能过好同样寻常的日子。这个世界是适应寻常人生存的，即便有一些困难，努力一把就过去了。由于是寻常日子，每个人有寻常过的心思和行为即可，真把标杆定得太高，那就得等待超人。李渔曾说文士善想——我欲作人间才子，即为杜甫、李白之后身；我欲娶绝代佳人，即作王嫱、西施之元配。俗常人弃空想而务实，因为没有什么过人之处，务实方可维持日子。如果过日子的指标太高，那就不合常人作为，就像高考中数学题如此难解，那是在考场这个特定空间进行的，日常生活中的交易，都得在大家算得过来的范围内。如果达到高考数学那么难，那就不是生活，而是反生活。阿炳这个人的推出，使人看到了器官之间的巨大差异，常人的生活经验难以理解，因此小镇上的人把他的这种灵异用来测试——通过一个人的声音判断其来自何方。他和人交往的迥异在于，当明眼人认为满树的松针是深绿色的时候，他说的却是松针落地时发出的巨大声响。由于不可学，阿炳注定成为一个传奇。

有人看我写一幅字的过程，颇觉云淡风轻，不喊不叫。他是比较倾向动作的大开大合的，他说起张旭、怀素狂涂滥抹时的怪叫连连，把观者的情绪调动起来了——这些酒徒在放浪形骸的酒肆里，品尝着廉价的浊酒，看着他们表演，等于得到一份视觉的福利，划算得很。非奇不传——当大家都斯文地秉笔书写悄然无声时，有人的怪叫却如闪电划破长空，那是怎样地让人惊心。好奇的人总是很多，都会赶过来看，然后传播。看的人多了，场面感就饱满。俗常人以口传，文士以诗传，文字不灭，怪叫犹存。至于那些书写态正常的、害羞叫不出来的，也就无奇可说道——总是要有一点奇耶怪耶的特征便于描绘，才好放大，都泯然于众人，正常轨辙，要吸引人关注真无从谈起。我还是比较支持斯文态度，安静地读安静地写，外在形态是不惊宠辱，恬淡、徐缓、轻柔，还有一些谦恭。至于内在文气氤氲，更是自然释放。装不出来。有时我抽个椅子，舒服地坐着，扯一张纸，就在上面写起来。一张纸很薄，却不影响我轻功一般地在上面挥洒。这样的书写已属老旧，正在被很多人放弃。继续老旧行为的人不忍释手，他们一定在守着一些什么，至少在守住自己的一份喜欢。

我读明人焦竑的《玉堂丛语》，有一则写罗景鸣的书写习惯，让我很是遐想。他不像陈后山那般让家人暂时回避，自己蒙着被子吟诵使之连贯，一诗成了再让家人回来。罗景鸣文思来了，是携带纸笔，飕飕飕上到参天大树之巅，坐定。枝叶掩映下，地上的人再也见不到他了。此时是春日，当风有声，绿透心窗；秋高气爽时，罗景鸣的收获尤多，枝条黄叶飘落，删繁就简，头顶是湛蓝的天幕。如果是有月的夜晚，更是高处无尘玉宇清洁。他在树巅上纵笔，高凌霓虹，清出金石，写尽旨趣微茫、韵致恍惚。接着，下得树来，开心得很。在人不能如飞鸟那般上到高处时，上树无疑是俯瞰的最佳方式。一个有名的文士擅长上树，并于摇曳无定的枝头把一篇美文写就，真是值得赞叹——一定是这个高度为他拦截了一些什么，使他文采喷薄而出，随手拈来皆是锦绣。不过，人不是猴子，不可能在树上呆得太久——正是他在树上的这一些时光，为其他文士难以尝试。

在《旅行中的特定场所》一文中，作者谈到了他有厌烦正常生活的这一想法。他说："在家不开心的时候，我常搭上去希思罗机场的火车或机场巴士。"他乘着它们，到机场北面跑道一侧的万丽酒店的顶楼，坐在长楼上，专注地看起降不辍的飞机们，腾空而起的轰鸣和落地时的怦然弹动，让人忘记了在家的不快。有人不喜欢呆在家里这个空间，像小时候的波德莱尔，他的梦想是离开家，离开法国，到很远很远地方去。置身于陌生的场所，没有谁知道他的名字，曾经的熟悉稳定都被不确定代替。陌生诱发了人的敏感，不像在长居的城市里那般熟视无睹。因为不确定才需要进入探魅。洪堡说："我被一种不确定的渴望所激励，这种渴望就是从一种令人厌倦的日常生活转向一个奇妙的世界。"陌生永远是多于熟悉的，也就使人有不断游移的热情。我曾称一位朋友为"飞将军"，他和我联系时，我发现他都在不同的城市里，他的职业使他如此——在似曾相识的空港里，在似曾相识的机舱里，穿过似曾相识的天空。他说到了那个岁数就不再思逐风云了，得坐下来好好写点文章。我算了一下，他说的那个岁数，离现在还有十年。

经常会有人说现在没办法读书、写字，要到了多少岁以后才可能。我总是笑笑，漫听漫应——真到了那个年岁，估计书还是看不进，字还是写不出来。在许多不确定的新奇面前，我还是倾心于相对的确定，由此获得实在。如同飞机看起来都有在天上飞的义务，忽此忽彼，目的还是要落实到地面。那些云里雾里的经历终归只能作为佐料来说道，地面上的实在为我们所倚重。

有位写字爱好者每隔几年会来我居住的这个城市，拿几幅字让我看看。我细细看过，给他提三点建议，他连连道谢，直说我戳到他穴位上了，一定改正。几年过去，他又一次前来，照样客气地请我看字。我发现上次提出的意见，毫厘未改，于是再次提出，他依旧感谢，宾主尽欢。此后我才意识到他表达的是一种客气，他只相信自己已经形成的那一套做法，我的建议纯属自作多情，可视为笑话。

许多差异的事实如同夜半惊醒起来的我和呼呼酣睡的工友，各自开心地在岔道上行走着，不会叠合。

藏　　锋

　　这个晚秋的午后，有人经朋友介绍来家里，他带了一提袋新近的书法作品，说让我看看。他次第取出，摊开，有取法秦汉简牍的、轨范二王行草的、致力北朝碑版的，还有涉及清隶，明显地取法邓石如、伊汀洲的，真是遍学百家非朝夕之功。看了一会儿，我便感到扎眼了，便问他为什么这么表现，满纸都是圭角毕露，锋锐难掩。如果是小青年也就罢了，与年龄相契，正少年意气裘马轻狂，总会不由自主地显示凌人之气。但一个人年过半百还如此，便不妥。

　　来者当然不同意我的说法，各说各的，这个午后注定是一个无果的午后。

　　就是我耐心和他说如此，也是没用的——每个人的情性都是独异的，你徇古法，他喜新说，只能在一面缘之后，各行其道。依我的本意，执笔书写就是颐养情性，心事安和，而不是突兀争锋。只不过时日过去，人的书写意趣已异于既往，心如沸水，锋芒逼人。

　　他走了以后，我站在自己的楼上书房里，透过大玻璃看到渐渐落叶的山景，已经空了许多，那些被秋风删繁就简的黄叶被藏到哪里了，只能说，此时要比春山更见出滋味了。

　　现在想起父亲，不论与谁相比，都没有见过如他这般敛约的——总是谦恭待人，和蔼得很，待青年人如此，待比他大的长者亦如此，笑笑地说话，语调绵软，从未急管繁弦，而修辞自然十分妥帖——他就是一位语文老师，完全可以拿捏正好。有的人认为敛约是自身的天性怯弱，因为毫无成就，也就全无自信，说话也不敢声高。但父亲不是如此，他有许多荣光，省劳动模范、特级教师、政协委员……这些够别人开怀说道一辈子。但父亲如此不显露，以和气示人，我觉得有与生俱来的因素，觉得处世待人低调足够。教师这个职业也给予他修炼，打磨成越发平和收束。当然还有一些缘由不应忽略，那就是父亲曾处于那个特殊的时段，内心的积郁不知有多少，只能忍着，自我消化。相信那时的许多教师都有如此忍受力，有的实在忍不住了，就峭拔而起，走极端了。父亲到最后，仿佛什么都不曾发生，即使我后来有了一些识见，能和他说事，他也从不提及，可能觉得坎壈是人生成长的必须。我回老家时，邻居和我说起父亲，都用了"古意"这个词。这是老家土话称赞人级别最高的一个词，比起古人说的"从来多古意，可以赋新诗"深邃多了。一个"古意"人做什么都是让人信服的、放心的，也就全然不必如俗常人那般朱紫夸耀。父亲从年轻到晚年都是写楷书，一个字一个字写去，宁秃勿尖，宁藏勿露，宁圆勿方，我认为父亲和温婉的楷书相契是一种必然。

几个研究生偶然看到我三十几岁时的行草书，都说不敢相信，那时的笔调一直有一种横纵无碍猛厉突进的气势，一往而不收，也就点线用得很奢侈，萦绕旋转，九曲回肠似的，很有倜傥气味。现在写一幅字，点线减少了许多，越发简省清空，豁然开朗。这样的转变全无刻意，是时光的流逝使笔下成了这般面貌，就像人的相貌，不必刻意思考由青年至中年、晚年有什么变化，时光悄无声息地就能把这个人工难以实现的事给做好，而且毫无破绽。一个人在中年时，如果故旧见了，说"你和以前一样毫无变化"，一定会很受用。我认为这是对时间的无视，作为送给对方的一份虚空的人情。我只能回想当时是如何乘气而行，想表现得充分一点，像一把刀不愿躺在刀鞘里安睡，一定要抽出来让人见识。那时具体的动作是如何，我一点都想不起来了，就像《廊桥遗梦》中的老年弗朗西丝卡，她很难回想起自己二十二年前长得什么样，是倚在一根篱笆桩上，穿着褪色的牛仔裤、凉鞋，还有白色圆领衫，让头发在晨风中飘起？我只能看到我此时笔下的样子，有人说很像清初的一位书法家，有人则说像近代的一位僧人——每一个写字人都会有出处，学一些先贤笔法，再自己探究一些奥秘，用以托寄情性。因此也不爱与人交往，觉得书写是一己私事，自行其是最好。真文士的想法会与张伯驹比较接近，他说："我是个散淡之人，生活是棋琴书画。用我，我是这样。不用我，我也是这样。"我一直向往这样的自适态，每一个时期都有一种态度展示出来，以前是露，以后是藏；以前是浓，以后是淡，就走到如今这般。不能说如今的书写比过往就好多少，只能说现在更有滋味附着在笔调里了。

　　旧日信札展览是我乐于欣赏的——我向来认为信札的书写是人的情性最自在的反映，如果连写信都做作，那人生就太辛苦了。往往看一个信札展，看出了一个人两张皮囊的心性。我说的是一个人在书写时表现出来的鲜明差异，至少有两种情性，两套笔法，特别是一些官僚写手，的确一手好字，写一些庙堂文字再合适不过，如拉弓搭箭，力足劲满，其势不可抵挡。这些字是给帝王公卿看的，自然要提十二分的心力来做，做得八面观音，色相俱足。而到了信札书写，对方是故旧、相知、可人，则如同上朝回到家中，官服一脱，换上居家便衣，舒服多了。墨汁研好了，抽几张花笺出来，想着心事，信手写出来。羊毫小笔在纸上由上至下跃动，向对方倾诉的字句鱼贯而出，若风行水上，疾者似洪波涌起，徐者如涟漪轻漾——一封信轻松地在落下愚弟张三或李四和月日后，大功告成。接下来通篇扫了几眼，那些有错漏的地方被圈了起来或补了上去，多了一些涂抹之痕。正待折起，忽然想到还有一事需要补充，于是又摊开，在末了空白处写上几行字，特别标明："又及。"写信是使人情性打开的过程，既然是私密的，不会放在展厅让众人欣赏，也就不必端着架子，势必要写得迥出畦径。信札反映了一个人的本真，而那些参与竞赛的作品则未必有多少真情性，用力、用意过大，一幅字的韵味就改变了。明人谢榛说得很形象："官话使力，家常话省力；官话勉然，家常话自然。"写信就是说家常话，脱口就来，未必严丝合缝，却再自如不过。俗常也认为：官告不如私告，私告不如简札。清人赵之谦不少大作品都是横刀入阵，观之如同提头来见，唯小品一般的信札，赵之谦的长刀融化成了阴柔。我发现许多人都是如此，我在信札里看到了一个人完全可以如此生存。或者说，看书法家的真实生存态，就看看他们的信札。

这也是有古人信札展出的时候，我会有点兴奋的原因。

书写的姿势可以追溯到很久远，远远地长于打字——一个人坐着，或者站着，执一杆羊毫或者狼毫，在称为宣纸的柔软吸水的面上挥洒。毫颖过处无声，但笔画却晕润开来，或者显出丝丝脉脉的飞白。书写的姿势是寻常状的，如饮食、睡眠，舒适为欢。只是服饰要有所更替，换上更为宽松柔和的，这个讲究我是读了丰子恺先生写李叔同的一段文字才确立的，他说："李先生一做教师，就把洋装脱下，换了一身布衣；灰色布长衫，黑布马褂，金边眼镜换了钢边眼镜。"这一转换的必要性，就是在心理上做一个提醒。我以为就是近朴素和普通，如同一杆笔，寻常的鸟兽毛羽，寻常的竹竿，寻常的石砚，寻常的松烟墨条，来自天生天养的自然界，真实不虚。书写者也须寻常，不是表演的优伶，书写切忌长袖善舞呵壁问天，闲云出岫最好。古人有非奇不传之说——如果大家都平静安和地写，使起承转合契于书写常道，好是好，就是太沉闷乏味了。总是有人要以异相独行，行于非常，溢于奇怪，可使围观者如堵，传之也远。这方面张旭和怀素抢了先机，他们书写的狂态虽无录像机忠实录入，却让文士们感性地纳入诗篇里，让人看到二人的嗜酒、酒后激情、狂飙突进，使酒徒辞客免费饱览其吼叫、大动作，须臾扫尽纸千张，瞬间惊到众生相。李颀、李白、戴叔伦、贯休这些名流居然赞叹不绝，让诗作生出许多煽动，以为善书写必要如此为作。后人果然学样，边吼边书，唯恐声响不亮动作不大。真文士是视此为鄙俗之举的——书写之姿如何，在我眼里就是判别斯文与否的准绳，五指执笔，中锋行之，雅气就拂拂而出了，像是端人佩玉徐行，清而不寒，有一种逸格，绝不是张旭、怀素那般横扫野战昏天暗地，流于不雅，合于江湖。后人却会津津乐道此二人，真乃奇也怪哉。倘一个文士雅集皆如此场面，又何以堪，真斯文扫地。实际上，张旭、怀素也有斯文作书的时候，张旭作《郎官石柱记》、怀素作《小草千字文》，都是谦谦君子之举止，可以想见正常人大抵如此。因为写字，好好地写就可以了，写字是不需要表演天才的。那些视正常而不见反而夸大奇怪的行为，让人觉得有瓦解斯文的嫌疑，使书写失去庄重，拿书写取悦于人肯定是失算的，退一万步说，取悦也得含蓄点。

有人问我南方人写字是否与北方人会有很大不同，我长期生活在南方，只能说南方的感觉。南北方说起来是地理学上的概念，真要区分书写的差异，只好沿用阮元说的："南派江左风流，疏放妍妙，长于启牍。北派是中原古法，拘谨拙陋，长于碑榜。"这样的说法直截了当，像是有所褒贬，让南北方人各自去想。相比而言，南方更是一个看不清爽的隐喻，雨一下就是好几天，人泡在水分子的潮气里，没有谁可以解脱出来。在潮气中仍然要书写，笔墨晕润、纸张晕润，指腕动作也滋蔓起一些拖泥带水的不利落，不是秋风大开大合那样的快意。其实，艺文中的大开大合不是我喜爱的表现方式，看起来是痛快了，却往往缺乏沉着了。古人说沉着痛快为书写之道，后人每每忘了沉着，风樯阵马放意无羁，在大开时已把所有的秘密泄漏尽了，以至大合之后全然无物。南方的世界一年到头不知多少秘密藏于水汽氤氲里，不愿出来，这也使作娟秀简札的人无数，墨色滋润，少有枯涩，应合天时地利。在我印象里，南方人还是写小字适宜，这样会更不勉强，在润泽包裹中，小中见出饱满和硕大，可以让无处安放的想象横纵万里，看到南方的深邃之处。《兰亭序》是不是王羲之写的素来争议不休，但说《兰亭序》是一个南方人写的，或来南方长居的人写的，殆无异议。南方人可以从《兰亭序》里寻找到旧日的世道人情——南方人的忧患与喜乐、顺应与叛逆、孤傲与苟且，都可以有个大概。当然，如同《兰亭序》是说不尽的，南方那些曾经活跃于湿润里的人事，是在地方戏的折子里出现的，没有什么人去听，就连我这个本地人也听不懂，只知道他们藏在拉长了的咿咿啊啊里了。

　　回老家时遇到文士雅集，总会听他们说起弘一，出示弘一的墨迹。他不是这个古城出生的，却是在这个古城圆寂的。在这个古城小小的寺院深处，他讲经传道，也写了不少字，以为礼佛宣传之用。现在的人和我谈弘一，多半是想表达对另一个方向的生活的见解——在李叔同时代他是锋芒毕露的，有如今日之演艺界红人；而到了弘一时代，则一反旧日行迹——既然行藏在我，还是藏吧。从弘一的年谱上看，弘一也不是深藏不露，但他的外出与当年的弦管填溢、浪漫疏狂已毫无关系了。他通常在寺院间进进出出，讲律、静修、著书、编书。室空无须大，交结亦无须多，能如他出家的人毕竟鲜有，这是一条与常人相反的人生之路，因此喜欢以他为例，解说他，也解说他的书法。每个人都会觉得弘一的书法是脱略尘俗烟火气的，很简静，很简净，神情内敛，石瘦枝寒，是很不好看的。这个古城有他的气味，也就有人以他为范，学他笔法，连同韵致。学一位非常之人的书法，走一条非常路径，时日久了，还是会有点像，但更多的是不像。有人认为是后来者缺乏弘一的空门修行，跟不上了。我则认为是缺少李叔同早期那些妙不可言的风雅多情，以至不能洞见弘一后来的剧变——极端的经历，极端的体验，一个人的精神是不可忽略作为基础的前半段。现在的人一上来就说弘一，不说李叔同，一上来就学弘一书法的敛约、蕴藏，舍弃李叔同的基础。这种舍取的结果，我往往会认为——徒劳。

许多把笔为文的人都得益于江山之助，烟霞恣笔端，林泉生气象，足迹靡所不到，似乎不如此广游周览不足以名作家。相比之下，福克纳则属于藏匿者，由于他无与伦比的文学成就，使他说的这段话尤其显示不容置疑的力量："我发现我家乡的那块邮票般小小的地方倒也值得一写，只怕我一辈子也写不完它，我只要化实为虚，就可以放手充分发挥我那点小小的才华。"这个想法使他的笔下空间，总是徘徊于密西西比州北部的一个平静小镇。一个人藏身于一个小地方，不为其所囿，还能写出让人惊叫的作品，只能说这个小镇已经不是一个物理意义上的空间了，连同小镇上的家族、苦难、屈辱、煎熬，都在他的虚构与想象中，超越俗常的喧哗与骚动。物理时空一突破，人在斗室横无际涯，不可羁绊。想想弘一也如此，李叔同时代出头露面太多了，出家后就多以敛藏为日常。俗常人以为寺墙内寂寞清寒，却不知蒲团之上的内心世界有多大。往往是一个人存身的物理空间狭小了，精神却凌空蹈虚，不计西东。似乎是自言自语，又似乎是面对不解和追问，只能说："问余何适，廓尔无言。"——远方如此迢遥，说了也说不清楚，不费口舌了。他们都有一些相似之处，就是与不能实指的属性、意义、边界、内涵有密切的联系，譬如时间结构、消失与永恒，他们所理解的不会是我们说的这一套。

我和学生说——弘一的书法是用来品味的，能品出多少是多少，品不出也是对的。人是神秘的，书法也随之神秘，都藏得深了，才有那么多不解让人在他身后说道无休，比说道自己的父母还频繁。

以后还是会如此，说不尽。

　　一些人在史册显眼的页面上活跃着，让今人不时地念叨他们的名字。甚至他们有意无意说的话也不时地被人征引——名流就是如此。就像名流书法家、王公大臣，名留了下来，作品也随之留了下来。这样就不必担心散佚，成为史册上的面子。更多的人没有这样的运气，笔迹留下来了，名姓却随风飘散，成了不折不扣的里子。我对史上那么多无名氏的墨迹有着朴素的深情，数量那么多，汪洋一般，有的放在藏经洞里，如果不是王圆箓勘破天机，它们可能还在酣睡之中。如果言说抄写者，无非僧众、居士、经生一类人等，以抄经形式礼佛，在佛的面前卑微如草芥、蝼蚁，名姓是放不上去的，不像今人落款时大名写上、大印钤上。这也使我每次临摹写经前，要先致敬这些无名的书法先行者。我当然也可以学魏晋间的陆机、王羲之父子、王珣等名人，但从史册的摺皱处找出一些无名氏遗留，也是一种乐趣。经书神圣，书者谦卑，会比书写其他多出许多的恭敬，让人无端地相信出于单纯，从而自然。有身份、地位的人，或许会写得有技巧，却未必在自然程度上超越，那些目空的、睥睨的、自恃的习气总要高出抄经者许多。谢榛说的让人深省："及登甲科，学说官话，便作腔子，昂然非复在家之时。"这种语言迁变，是与其身份的迁变相关联的。古代书法名家，大抵官僚，书法与官位相济便风头无两。明成祖曾称沈度为"我朝王羲之"，可以想见沈度下笔时的春风骀荡。至于官僚书法家与帝王切磋书艺，君臣欢悦也不少，自然心中得意，生出不少被宠幸的暗喜。抄经者永远都在低处、暗处，阳光难以照彻腕下。他们完成经卷的书写也只是自己心灵的必须，也就素淡地写，一直写去。至于有意义没有意义，相信没有人去思索这么古奥的问题，不会有这样的念想——不去想是对的，书写的日常性是谈不上什么意义的。如果像宫廷书法家那样，要应时尚之景，应权势之需，想着能得帝王喜欢，那就复杂了——伪饰的一面通常是如此泄露出来的。我的倾向是书写生活的平平淡淡再好不过，如同这些抄经人，心不寄庙堂之高，也不走极端处山海之远，只是虔诚事佛、抄经，任时日过往，无声无息。我不能见到他们的容颜，亦不能知道他们姓甚名谁，但能够与他们留下的墨迹相遇，以之为范，算得上是我的运气。

相对于外出的活动，我还是更乐意呆在书房里。可以说几十年来家庭的外出活动，都是由我太太策划和具体实施的——我在这方面无能得很。二楼书房的氛围是我逐渐营构起来的，有人以为我整天都在书房里读书写字，其实很多时间是坐着，觉得如此舒坦得很。靠山的一面墙全做成了玻璃窗，一进来就可以看到青绿的山林，鸟雀鸣叫无休，芦苇随风俯仰，纯乎自然。暮色下来的时候，我想全然看不见了，但它们肯定还是如此。书房无疑是要和外边相对隔离开来的，即便有客人来，也不会请他们上到书房，明显地不是招待人的陈设。书房肯定储存了主人的一些秘密，譬如写了一半的文章，正在临写的一本字帖，壁上好几幅未能定夺的作品，凡是不愿示之以人的，都有秘密性。记得陈寅恪家里挂了一方黑板，随时板书，随时擦去。有一次他女儿忘了擦了，恰巧历史系一个人来，陈寅恪知道黑板上他的诗句被人看见了，便心中不快。可示人与秘不示人是公开和秘密的两极。有时我过于敏感，书写前也得把窗帘拉上，以为远处、高处会有窥视的眼睛，让自己不能自由展开。我是一个不喜于艺文上交流的人，交流什么呢？自适其适最好了，独立地思考、实践，人藏于内，文行于外，即便无成也是自己一种独特的表达。和我想法相异的恰恰是时下交流太多了，不私享而分享。我不习惯这样的大方，总是紧紧地捂着秘密的口袋，守着自己一点点可怜的秘密。书房会使人有这样的自守情怀，觉得如此自处很平和温暖，像是智永安身的永欣寺。以前听说他于此习书几十年不出寺，觉得传奇而已。待到自己有了书房，才相信有如此空间可以把人留下来。空间和空间是不可替代的，我对于书房的质朴认识就是它把一个人的心绪安定了。一个进入书房的人，可以不与外界联系了，别人也不知道这个人在哪里。

此时安坐，把没看完的书接着看下去，没写完的文章接着写下去。几个笔筒里都插着用过和没用过的毛笔，它们的柔软，让人想到古风、古意、古雅、古拙，还有古井，真的心如古井就好了。文士的许多识见和文本都是在静谧的书斋形成的，就像一个人独行，有时自己也不太清楚前程，只是静静地走去，内心涌动和流淌着热情。一个人在书房看到的永远是安静的力量，穿过薄薄的稿纸，一个字一个字出现，那是最初的草稿，顺应着文思的潮水。顾不上把一个字写好，只是急速向前，直到终点。接下来是细致地改动、增删。每个字都规范起来——此时文思已经在草稿中固定了，全然可以慢慢抄写，不必担心它倏尔消失。习惯手写的人觉得如此最能记录自己的情调。我在青年时代不能及时热爱电脑以至不能形成快捷的打字技能，后来就跟不上，此生也就注定要执笔书写。有时候我头脑里只是一些零散的片段，如果手头有笔，就会在执笔划动的一下子连缀起来。这也使我手边经常有笔，有许多的笔。书房培养了我书写时的任性，至于笔下是否合于古应于今，倒是自己不曾在意的。如此，则快意横生。

颜真卿那么多书法作品留下来，有人问我喜欢其中的哪一件。他以为我会说《祭侄稿》，因为圈子里的人大多喜欢，甚至觉得它不应屈居行书第二，而应超越《兰亭序》。但是，我说喜欢颜真卿的楷书《东方朔画赞》。这件作品除了浓郁的篆籀气味让人品咂不尽，还有一个不可忽略的特点——总是有一些需要出锋的笔画，被颜真卿深沉地控制住了，他终止了笔端的向前。像是一位剑客从剑鞘里将剑抽出一截，若有所思，又用力送回剑鞘里。我想起陆时雍的话了："善言情者，吞吐深浅，欲露还藏，便觉此衷无限。"

啊，还是藏锋！还是藏锋！

缝隙里的世界

这条蜿蜒的老街还在翻修，处在半完成状态。完成了的那部分已经租出，挂起招牌做生意了，从洞开的大门和里边的摆设，可以知晓他们都在经营一些什么，咖啡、甜点、沉香、山区土特产，便觉得没有必要走进去。那些等待翻新的还是大门紧闭，两扇大门早已褪色，加上常年润含春雨又迎来秋风，都难以紧闭。有人凑近缝隙往里边打量，其他人见了，也凑了过来。其实，里边是什么永远都看不清楚，或者说是和那些开张的装修全然二致的气味——昏暗、蛛网、尘泥、衰草，更不知二进、三进，越往里延伸，都是一些什么存在。神秘被捂在里面，碰巧的是旧日门板上如此裂纹，仅容一只拼命睁大的眼，贴在久远的木质上，一眼看到过去。

裂缝的出现，赐予了这样的机会。

很多次，我在临写敦煌残经时，想到了那个已经空空荡荡的藏经洞。当时里边堆放了那么多的经卷，只是门面用泥皮糊死了。时间过去，没有谁走过时会想到里面有这么多宝贝——风沙吹老了时日，也吹走了这个密室外观曾经有过的人工痕迹。如果不是后来的自然干裂，让人从裂缝中窥探到内部，也就没有接下来的许许多多传奇。说起来我也是裂缝的受益者，经卷走出密室，散佚到世界各地，也来到书法家的案前，让人狂喜。我挑选了一部分合我情调的经卷，终日临写——我学习书法的路径，由于遇上了这些残经而得到改变。它们都是真迹，比挂在王羲之名下的那些作品可靠多了。夜深的时候，我可以感受到这些无名氏的墨迹远比碑刻要真切的温度和呼吸，是一道裂缝释放了它们。许多的过往起始都是封闭的，时日把曾经知晓的人送走，史册也语焉不详，让后来人止步。经不起时日的鞭打冲刷，一些物品终于见到了天日，不再成为秘密。每个人都可能与秘密相逢，真如此幸运，也就获得了与众不同的认知、识见。但前提是，先找到隐藏在寻常中的那一道裂缝吧。

　　晋太元中武陵的捕鱼者算得上好运气，他幸运地发现了一道透出光亮的小口，由此开始了他梦幻一般的旅程。在桃花源里，捕鱼者受到了各家轮流的宴请，享受了最真诚的款待。当然，桃花源中人也通过捕鱼者张开的双唇，打探到了外界的一些秘密，这也使捕鱼者每到一家做客，不得不把桃花源外的秘密又一次泄露出来。捕鱼者享受多日离开时，桃花源中人对他只提了一个要求，即："不足为外人道也。"如果他不启开双唇，天下没有谁知道桃花源，但捕鱼者是一个善于分享秘密的人，他觉得有责任把秘密首先传达给太守。接下来就是寻找秘密的入口。这个入口已经不见了，连同周围的环境都陌生之至。寻找宣告失败。我一直在想，陶渊明以云淡风轻的笔法描写了桃花源的美感，主旨还是要人守住那道裂开的口子——不能守之以一，就难以让人信服。朱熹曾经评说："晋宋人物，虽曰尚清高，然个个要官职，这边一面清谈，那边一面招权纳贿。陶渊明真个能不要，此所以高于晋宋人物。"如此说，陶渊明就是君子自守的人物，而其他晋宋人物，则是守不住的两面人。有时，读一篇小小的文章，我的想法也与他人有很大不同。把这个不同说出来，或者写下来，往往让人奇怪，觉得我的理解挺可笑的。

　　我第一次见到桃胶是在乡下，这里桃树千万，桃林连属无端，坚硬的桃胶恍如琥珀、玛瑙那般晶莹，抓一把放入盘中，声响如大珠小珠，甚是悦耳。文人笔下喻此为桃花泪，是时光把泪水凝固了。而当口舌触及一碗温度适宜的桃胶时，它柔中含韧舒展开来的弹性，足以称之美味，总是会欣赏一番，再细细品尝。追溯它的由来，则是从伤口开始的。兀立不移的万千桃树，没有哪一棵是皮表严实无损的，很像人的皮肤，总要在生存的不易中，被人为的或者天时的原因，扯开一道道口子，溢出不少汁液来。在我的记忆中，严冬是人的皮表最易开裂的时段，那时在工地、田野劳作的人，对此毫无办法，静等裂开。那时的人们赞美这样的手和脚，是开裂成就了美好生活。桃胶不断地从桃树的伤口缝隙中涌出，接触空气，成为胶状，为桃树的所有者不断收取，加工成为坚硬之物。相比于桃胶，桃花要风雅浪漫多了。当年，意气风发的储安平在西湖畔拢了一袋桃花寄给北平的徐志摩，到现在还让人津津乐道，以为是名士风度的延续。在我看来，桃花是虚的，便于托寄情性，也便于浮想联翩，想到唐伯虎桃花庵、李香君桃花扇，真是妙不自寻。而如果寄一箱桃子、一袋桃胶，那真是难言风雅——风雅之举似乎都是轻盈的、灵性的，甚至是虚无缥缈的，让人无从一握手中。更何况桃胶从撕裂的伤口中溢出，更与薄透如纱的桃花难有比较的角度。这也使人感受到一棵树的多重功用，用于实的，用于虚的，用于精神的，用于口腹的。桃花灼灼，桃胶沉沉，而硕大甜蜜的果实，无论作为礼物，还是香案清供，都再好不过。不同的是桃胶的出现引导人们联想到胶树、漆树这些在草莽中生长的植物。如果当初皮表没有被划拉开一道口子，则不知道一棵树的内部蕴含着如此奇妙的汁液，而且是在疼痛中流淌出来。

每个学期上课，我都会想几个题目，让研究生去写，然后抽空每篇看过——这当然是一种私趣。师生之间的交流可以说单薄得很，他不知你，你不知他，通过文章，窥探其中的主旨和表达，究竟有哪一些差异，也是很有意思的。我总是强调，我写故我在，如果不用文字表达出来，还真不知道一个人如何想、想如何，正是写作馨露了他们的才华和情性，或者点缀一些奇诡和荒唐，这些都是我所乐意把玩的。正是从一些语言缝隙里，我察觉到文思无定居然如此——没有哪两个人的笔端是相似的，客气浮辞的、深婉不迫的、循途守辙的、纵横自喜，应有尽有，读毕不禁无端生慨。善于操作的人，总是以大量地调遣史料为快慰。科技手段使人便捷地将史料填纳于文章之内，使我见到古贤人这般说、那般说，独不见这位学生如何说——他被史料的烟云遮蔽，使我找不到他了。这常是我阅读的一个疑问——为何不以自己的话语言说？邻家的金银器皿的确气派得很。瓦缶瓷杯虽不起眼，还有裂痕，却是自家物色，理应珍惜。这个道理却不是都能明白的。

　　每到午后，怀安桥下就陆续集中了各路的水果商，各自经营来路不一的水果。刀剑披挂的榴梿尽管一副凛然不可侵的相貌，还是被不少人围着。我猜，是它微微裂开的缝隙，那飘出来的独特的果香把人招引过来。不买也罢，这浓郁的气味真的让人迷醉。

　　有时，在自我表现上，人还不如一枚榴梿。

　　有一则旧事是如此展开的——弘一到丰子恺家，丰子恺请弘一坐在一张藤椅上，藤椅柔韧，老师坐上去会更舒适。弘一没有马上坐下，而是先摇晃了几下藤椅，方才缓缓落座。后来又去了一次，仍然是这个摇晃的动作。弘一回答了丰子恺的疑问——这张藤椅旧了，藤条间有许多缝隙，会有一些虫蚁，如果贸然坐下就把它们挤压了。一般人和不一般人的差别不一定都是宏大的，反而是在一些细微处，譬如细细的缝隙，也填充了一个人丰富的悲悯。如果是一个人刻意为之，那就辛苦；如果一个人自然为之，成为一种自觉，那就太私有了。这个过程有多远，才可以关注到藤椅中的缝隙？显然不是一个必须回答的话题，倒是给我提供了一个对于细小的审视角度。时日匆匆，我们对于屑屑者已经缺乏察觉的细心了，而对于大，我们的兴致要高昂得多。不知道从什么时候起，有人赠送我的宣纸形制大起来了，我把笔濡墨挥洒的作品也大起来了。其实，书法家的内心都很清楚——大未必佳，但巨大是可以引人注目的。如果我用巴掌大的花笺写一幅小楷，那真会像汪洋中的溺水之人，顷刻被淹没，无处找寻。想想晋宋时期的那些简札，小得不得了，却精彩之至，是有真情性在里边的，别无他倚。这样，就是片纸只字，也甚佳好。说起来，其翼若垂天之云的鲲鹏，其死生在朝暮之间的虫蚁，所谓的大小，都是天地夹缝里的存活物，没有什么差别，当如弘一那般相待，不可轻慢。

亲近的　遥远的

　　夏秋二季，果实成熟的时候，果乡的学生便来邀请前往采摘，感受一下果实离树最后时刻的美感。果实和果实是不同的，它们来源于不同的树。明人江盈科认为："桃梅李杏，望其花便知其树。"如果再加上口舌，更不会把果实混同。它们的形态让人惊异，有的硕大浑厚，有的轻巧秀气，有的剑戟突兀，有的圆润委婉。至于色泽，虽然成熟时皆可以黄红二色喻之，但是在黄红二色范围内，却可以分出许许多多层次，让人下笔时踌躇着，着实词穷。每一棵果树的本质都是排异的，以此显示自身的独特——所谓个性就是如此，外在不同，内在也不同。每个人与不同的水果相遇，也都有第一次，初看甚觉陌生，甚至于放入口中之前，也还有点探险的感觉，慢慢地舔着，对滋味进行探魅。往往要走到这一步——打开外壳，品尝第一口，才能认定是否适合自己。

　　无数的水果，无数的滋味。这就给人很大的选择空间，终究会挑选到自己喜爱的那种类型，这也使每个人都有可能性，慢慢来吧。在许多方面都是如此，有生之年，除了死生不可挑选之外，余下的都很宽容。譬如学文学的，喜好狭隘古怪，有那么多的种类都是现成的，如浮槎泛于海，至少也是可以挑选到海藻一枚。有人对我说他还是喜欢唐代的俗讲，我说甚好甚好。狭隘的品位也是允许出现的，如同水果有其个性。当然，人的口味也是会转变的，除了与年龄有关，还因新的品种不断涌现，拓宽了我们的口味，使我们对于滋味不再专一，有所舍弃。不停地追逐新鲜的滋味，和人生追求的其他目标并不相悖——我们会喜形于色地赞美某一种水果，那种贪婪的神情，反应迟钝的人也会察觉。小时候接触的水果形态都偏于单薄，应和我瘦骨嶙峋的身架子，只是因为它的单纯、本色，尤其是它的土生土长，成为家乡风物的鲜明标志，借此感受它的真实体现。那时候，不管成人还是孩童，认知闭塞得很，以为某种水果的形、香、味就是如此，不可能再变化——所谓老家的味道，有一部分就是由果实来承担的。翻过山的另一个村子，那里的果实就是另一种滋味。我那时以为这种真实会一直持续下去。

从农林大学果树管理专业毕业的人越来越多，他们具有培育新果树、改良旧果树的义务，使滋味产生异样感，好像遇上熟悉的陌生人。每个人都在一定的空间中生活，品尝能够到达这个空间的水果。而有的水果，我们可能一辈子无缘相逢，这个数量，远远多于我们品尝过的——就像我们此生没能见到的人，远远多于见到的。果树被改良了，也就以陌生的口味出现——第一次品尝时大吃一惊，有一种越界感。所谓兼味，就是味的多元，已经远离当年那种单纯之味了。在果园里看到多年的树干还是如此坚劲，承担着为上头的枝条输送养料的义务，上头的枝条一边接受着，一边却发生着变化。由于嫁接的成功，果名也变了，我听到了另一种称呼，好像是什么一号。什么都在变化着，就连一棵果树也难以自守。它只能兀立着，任由那些掌握了技术的人们在它身上做着实验——树和鸟的差别就在于动与不动，不能动就无从避免来自各方面的行为。如果一个人没有品尝到果实，看着一棵树生长起来，还以为树还是那棵树，实则已经不再是了，就像当年在树下嬉戏的那群孩童，如今已无从找寻。

果树一直往上长，作为一棵树，这是一个最基本的方向。由于是果树，也就比其他类型的树更少有被砍伐的厄运——主人希望它枝繁果盛，每年都为他带来财富，便给了它年复一年存在的机会。每一棵果树都有高度，高度给了品尝者一定的难度，不让他们那么容易就得手。那么，要品尝到树上的果实，也就需要付出一点有技能的劳作。我少年时上树的本领，就是为了得到果实而练就的。那时节的孩童都秀骨清相，猴瘦猴瘦的，也就轻捷之至，不会给枝条带来重负。这个技能的具备，使自己在树上率先品尝到那些硕大的、橙黄的果子，而在树下仰面张望的人，其中有小孩也有成年人，只能等着上树者将果实传递下来——这个等候的片刻使人垂涎。上树者也因此明白一些道理，凡事自己力所能及便占据主动，不必求人看人眉眼，的确会有一个好心情。且品尝够了，从树上看世界，会清静许多。记得明朝文士罗景明，每当文思涌现必栖居乔树之巅，待诗文写成下树。有上树的癖好，一是相信自己的手脚能力，一是有意逃避着什么——后者是我大胆的揣测。那些藏于树梢叶片里的果实，往往要有更高水平的上树者方可获得，这样的上树者来了，每一个果实都不会遗漏。晚秋的风愈加犀利了，枝头上空空荡荡。此时，上树者终止了上树，把上树的本领像扇子一样收藏起来，等待明年。

　　而今，上树的少年已经消失了。他们行走在果树下，看到上边硕大的果实，丝毫不会荡起拥有的涟漪，就走了过去。一些果树因为少了当年上树的少年，直到最后还是得不到人的采摘，吧嗒吧嗒落了一地，汁液四溅，蚊蝇招引了一堆，可谓自生自灭。少年认为，果实是来自超市的，或者来自快递的敲门声，无论如何也想不到由自己上树获得。和没有上树想法相承的是手脚筋骨的力量匮乏，灵活性也无从谈起——少年的相互比较不必论其高下，而是显示其差异——最大的差异就是野性没了。

　　梭罗在他的《野果》这本随笔集里写道："当人迁徙时，不仅会带走鸟儿、四足动物、昆虫、蔬菜和专属佩剑，还会带上他的果园。"

梭罗说的是想当然还是确有此事？带上果园毕竟过于理想化，真可让人遐想其中的美好——生活没那么浪漫，我觉得平实一些更好。我居住的小区，那么多的原住民迁走了，把什么可能的都带走，就是水井与果树没有带走，它们一是向下长的，一是向上长的，原住民带不起它们——他们迁往的那个地方拥挤得很，不像原本有山地、田园，有那么多的土壤。没有土壤就不要说一个果园，连一棵果树都栽不起。日子如此实在，带不走的就丢弃，没什么可惜的。就像水井，没有谁动过带走的念头，而粗壮的果树，像橄榄，主人把它遗弃了，它依旧汲天地风水，依旧扬花结果，熟透了就掉了一地。我们对果树不会有太多的情感，很少有人有过种果树的经历，至于品尝到自己果树的果实者更是少之又少——我说的是在钢铁丛林中的城市中人，果园是在屏幕上看到的，果实似乎不生于树，而是悄然集合于超市，品尝时不识其树——我们离果园已经很远了，在品尝时口齿清甜，却不是立于树下，看它随风飘摇的形态。以前有人认为吃到鸡蛋就够了，不必见到生蛋的母鸡——其实好事者也有他的想法，探究一下源头，获得对于果树的真切体验。果树的经历在许多方面与人太相似了，总是需要某一些承认才好生存下去，好像不是为自己活着一样。譬如一棵果树的果实到了熟透之际仍然酸涩无比，这棵树向何方去？它所在的这个位置迟早要换成另外一棵果树，也就是能够生产另一种品质的果实来。布鲁内尔曾认为："人们并非仅仅为了自己而种下果树，也在投资未来。从这个角度来说，建立一座果园是前瞻性的工程，联结了不同的时代。"——所说甚是，现在我能知道的这个城市最早的果树是宋代的荔枝，它能穿过乱世烽火和伐木丁丁的年代，至今还能按时提供甜美的果实，可以视为奇迹。尤其是成熟时节，绿意掩映中一串串嫣红的烘衬，使具有审美心智的人们迷醉。

果实的美形美味，作为赠品，无疑是不少人的首选。果实种类如此繁复，聚在一起时，让人应接不暇。本土的果品无多，更多的来自远方，它们漂洋过海，安全到达。每一枚都被细致地保护着，品相完好，显然合乎人们先欣赏后购买的顺序。可以想见，果农正在尽最大的努力，力求把每一枚果实都郑重推荐出去。一年的劳累就是希望果实能换回钱，而不是都挂在枝头、堆在院里。当然，不是每一枚果实都品相端庄圆润光洁。有的越长越让人喜爱了，有的却相反，生出斑纹了，不周正了，越发奇丑了。被欣赏的可能性越来越低，只好留给自己品尝或降价处理——其实内部的滋味是全然一样的，只是要成功地推销给别人，却很艰难。这一点是人与果实的差异，一个人完全可以通过美容，修饰无数的细部，以至于在历经痛楚之后光彩照人。果实的可靠性就是不可美容，这就是宿命，越长越美观的，越长越丑陋的，朝着各自的方向伸展。作为礼品，是要使接受者开怀的，没有谁会去选择那些丑陋者，就像没有谁会有目的地送一坛醋给某一个女性。除了挑选果实的美形者，为了突出丰富性，送礼者通常采用组合法，使之互补、彰显，既显示了美学上的用心，又体现实用上的多重作用——这就是果篮。一篮在手，远比一兜、一袋有张力，它的奇妙之处可以适合于任何一个送礼者，它是不寒酸的，在这个爱面子的时代。人对于世上万物都有赋予象征的嗜好，有的果实名字含有平安和顺之意，有的则意味着分离与疏远。水果是更趋于精神属性的，形的不同只是一种需要，而看不见的是神韵、气息、浅薄、醇厚这些非实在的元素。我喜欢逛水果摊，往往逛到最后空着手出来。那些刚离开枝头的果子似乎还带着晶莹的露珠，随同跟下来的还有几只蚂蚁和一只天牛。果实因弹性而生神，不可离枝头太久，因此欣赏也需及时跟上。

如果我从院子里剪下龙眼或柚子给朋友，会有意地连同绿叶枝条剪下来，我希望他们把欣赏放在前面，而不是预测果实的滋味。

很多年前我送一些带着绿叶的橘子给俞先生，俞先生提起来一串，注视良久，说，这些叶子真好。此后，似乎没有人再这么和我说过。

班纳说的话有点绕："一个内在的人隐藏在那外在的人后面，外在的人不过是在显露内在的人。"水果的内外大抵如此，我希望自己逛水果摊时能捕捉到隐藏的那部分。

同为果树，有的天生天养，荣枯自适；有的则为人所制，不可自任。树的本性是不可移易，也就无从躲避，于一处生长、老死。每逢大年的时候，枝上花朵无数。经过一年生息的果树生机勃发、兴盛无比。蜂农早已把蜂房都移到这里，蜂们出动，不仅采花酿蜜，还协助授粉。落花过后就是密密麻麻的果丁，此时都立于枝头，处于同一生长线上，只是终了谁能有如初始存在，全然无定。南方的台风一场接一场，全是洋味的风名，它们横扫而过，遍地狼藉。台风过后，枝头果丁折损大半，经历过而能存于树上者，只能归于天意。就像每个人在历经磨难之后尚存，他日后的成长就更具备坚实的基础和毅力。布鲁内尔也是这么认为："思考所有的种子、嫩枝和树桩究竟经过多少双手的抚摸，以及它们所经历的地理和时间的旅程，这是非常宝贵的思想活动。"这么说透彻得很，已经不是仅仅从果树的语义功能和符号功能来理解它了。十年树木、百年树人，除了时日短长，其他都一样，都生存于土地上，都渴望长生，并且有不断张扬的个体发展。果树与人原本是不搭界的生长物，他们的私有生存场景都是陌生的，后来却变得密切无比——有些人就是靠果树来延续生存的，在果林被摧毁时，号啕大哭如丧考妣，完全可以理解。有果林的人们对具体的果树提出了新的要求，譬如龙眼长到一定的大小，果农们就纷纷出动，或架梯子，或上树，把每一串果实中的一部分剔除。数量少了，日后的质量会更佳，硕大可观，卖得好价钱。至于每一串果实中，哪些要留下，哪些要剔除，女果农们根本不需要思想，直接动手。动作就是她们的思想，只能说被剔去的那些果实运气不好，躲过了台风，躲不过她们的手。

　　她说有时间上来为我的龙眼树剔除多余的果实，我表示了婉谢——我乐意看着台风过后稳立枝头的每一粒小龙眼。当这些小不点不动声色地过了一些日子，果树显示了天时的普遍秩序，时间逐渐转换了空间之美，果实壮大，空间密集，缝隙不断被填充了。草木本心如此，人不介于其间，会更加自然。

　　此时，有多少人拥有果树？拥有果树的前提是要有一脸盆大的湿润土地。如果没有，只能倚仗他人的果树来获得果实。拥有果园的人家就更少了，那需要一大片土地和具备管理的才能。时下的人都觉得不适合用"故乡"这个字眼了，住在几十层的高楼上，远离土地的潮气，称故乡便觉得荒唐之至。故乡是需要具备一些条件的，土地上有自己的院落、围墙、禽畜、菜园子。对了，房前屋后有几棵土生土长的果树。秋日，它们成熟的色调增加了一家人的笃定。几次到北方，夕阳下来，炊烟起来，便以为故乡当如此。农耕人说话不会像艾米莉·狄金森那么斯文："食米鸟是我的唱诗班——果园就是我的穹顶。"也不会像布鲁内尔那样，想着探索新的水果种植方法，想利用植物、动物环境的相互作用，进行生态化种植——宏愿如此之多。其实，任果树自行生长最好，它和故乡的形态相反，故乡越来越破旧了，甚至被遗弃了，而果树越来越茂盛鲜亮。父母渐渐老迈，孩子们磕磕绊绊地长大了，他们离开故乡，离开这些本土口味的果树。

　　经过努力，自己总算拥有几棵果树。外出回来，到后院看看，屋宇依旧，果树却有了不少变化，不是长高了就是换新叶了。这里土地贫瘠，有许多建筑材料的残余，而论果树出处，都是水果之乡的新品种，堪称贵族。它们还是不声不响地长大了——植物对于土地的迷恋如此强烈，肥沃甚好，贫瘠亦可。如果只有一棵果树，它的生长会慢一些，多种三两棵，明显就长得快了。我私下以为每一棵果树都盛满了时间的秘密，只是不像人那般对时日的过往有所感叹。

　　有一年参加祭祀妈祖的活动，主持人挑选了几个主祭者，我也在其中。我的动作就是按规矩而行，捧着果盘，上边放好了水果。我小心翼翼，徐缓平衡，生怕手上有些许闪失。

　　在许多场合上，让水果出场，人、神共适。

像流水一般延伸

　　走了不短的一段路才到了这位朋友家中，看几幅老旧字画。老房子的厅堂非常高挑，墙面最早是白的，现在已经昏黄。主人拿出几件横幅，我看了，只觉一般，看后就让他收起来。最后他拿来一幅挂轴，用叉子挑起来，挂在墙上最高处的钉子上，让它顺畅地垂落下来。天啊，那么长，都快垂到地面了。这幅三行半的行书，笔调徐徐，点如珠玉，线如缨子，逶迤交织而下，是很斯文的。

　　这些年来我倾心于作品中的气息的吸收，文雅的、雍容的，技法如何倒在其次——每个人到最后都有技法了，气息却有如天壤。如果没有这么长的延伸，一个逝去的人的情性、动作，连同一些小小的破绽，就不会泄露得这么全面，有滋有味。以前有人问我大小苏的文章，是喜欢苏东坡呢，还是苏子由？记得清人刘熙载说：“大苏文一泻千里，小苏文一波三折。”我还是更喜欢小苏那种蕴藉的从容伸展。

　　如果没有人问我，只看到我不时抄一些苏东坡的词遣兴，会以为我钟情于此。其实不是，每个人都有一些想法，有展开的，也有卷起来的。

　　才是仲春，我就来给俞先生和俞师母扫墓了，此时离清明尚远。人有所想，也就不必看老皇历行事。陵园空空荡荡，只有几个清洁工人在劳作。我把碑面和碑座擦洗一通，便站着想一些往事，想当年两位长辈对我之好。俞先生是很想把我培养成现代文学史研究专家的，哪怕研究其中的散文、小说、诗歌哪一类都行。可是我想当书法家，觉得这样会更感性和快乐。两年后，学校新增了一门书法课程，让我可以沿着自己的梦想奔跑。俞先生晚年写了不少散文，还开专栏，我读了觉得叙事手法与丰子恺很相似。那时我已经是副教授了，不想成天琢磨那些思辨的论文，也花时日来写散文。我没办法写俞先生纯正的一路，便写野路子，爱怎么写就怎么写。我去看俞先生的时候就谈散文，也谈书法。但我估计俞先生只读过我一篇散文，那是发表在一本刊物上的，是我送去给他看的。只是俞先生去世得太早了，不然我们这方面的话题会逐渐伸长。两个人在十多年的交往中，一定要有可谈的话题，除了日常，最好要有一些艺文方面的，使谈话有一些质量。一个学生向老师学习，最终还是要以某一种形式延续下去，才能在面对时不愧。想想我带的书法研究生毕业多年，有的现在连一幅字都写不出来，双方都觉得尴尬之至，都没有见面的念想。

　　这些年发现研究生写文士交游的论文多起来了——人际关系如此让人重视，的确可以写出无限多的文字。去年的今日我是不是与人喝茶谈艺，座中诸位如何？我肯定都弄不清楚。可是一个几百年前的人在做什么，还是会让善于查考史料的人披沙拣金，弄得清清楚楚。一个人的一生要与多少人交游，这是一个不定之数，但交游中的人并不是都值得后人去爬梳寻觅，成为文字。如同一堆人吃饭，有一个人发表艺文高见，于我有启发，那么这个短暂的交游是有价值的。只是生活中没那么多文艺交游，想不断地遇到贵人，并且不断有好运气，那就不现实了。交游就是延伸，如果用现在的话说就是朋友圈，把朋友圈里的人归纳分类一下，大抵就清楚交游的走向。就像兰亭雅集那四十多人，都不会是一般角色。这也使交游论文里出现的人物，只要史上有名——由于资料便于收集，便可增添许多锦绣。其实在交游中我遇到的大多是寻常人等，也就寻常交往。外出访碑的时候偶然遇到高先生，他带我跑了好些山岭，看了不少珍贵石刻。他只是兴趣，自己并不把笔，却能说出很多艺理，很多年来我们还若断若连地交往着。交游的结果如何，只有自己知道，自己不说，后人来研究，就未必真是如此。如智永那样不交游也很好，闭关寺内几十年学书法，如同一个卷轴被卷得严严实实。有时我参加活动，没有一个人是我认识的，我就自己静静坐着，琢磨自己的事。可以想见，如我这般不喜交游的人，却要奉命审阅如此多交游的论文，真是一个学习的机会。至少，这些论文教给我如何延续与人交往的一些知识。

从这里拐个弯到另一条路子，就会看到两边新种的蓝花楹，有的已经长得很好，高出了不少，有的枝叶却发黄干枯了。可以确定是地下的根系出了问题。地下是看不到的，没有谁会奋力刨开，分析土壤里边的成分，只是想着什么时候干透了，挖掉重种。一棵树分为两个部分，一部分是向下延伸的，在漆黑的土壤里；一部分是向上伸长的，吮吸雨露，追慕阳光——蓝花楹盛开的时候，整个城市都会变得优柔。面子和里子是不一样的，尽管关系如此紧密，却因为延伸的向度不同，人们只关注地面以上的那部分。如果身边有树，会感到时日过得快了，它上面的那部分，不断地发生着变化。晋人桓温在经过金城时看到了自己当年种下的那些柳树，不经意间已经有十围那么粗了，高柳垂丝，柳絮如烟，便觉人何以堪。我在一位根雕师家门口看到刚刚运来的几个巨大树根，土地坚硬乱石其中，地下这部分已拙陋古怪，触目惊心。生之艰难和缓慢，如果不是被挖掘出来，这些不见阳光的根脉永远无法看清。根雕师喜滋滋地和我说他的设想，可以各自雕成什么，有的会做得细一些，有的则是意象，朦胧一些——他的眼光永远都是注视地下的发展，恨不得它们怪异到极点，这时，他的激情就会喷薄而出，觉得应该动手了。

　　老李自幼承庭训习练八法，此后没有怎么中断，待到中年已经是一手好字，称得上省级的书法家了。他不愿到此止息，他的愿望是国家级的书法家。人有向前的想法，只是一直迈不入这个门槛，叹息连连。他的表述中充满了遗憾，我也只能静静地听着，然后问他纯粹的书写快活吗。他说，当然。但他表示如果向前延伸一步，就更快活。大抵人的情性都如此——向前，哪怕一点点，也会欣喜不已。我也给他辅导了几次，都没能推进一点。这时，我只能认为他的运气还未来到。运气是虚的，如果有了，就是锦上添花。清人袁枚曾认为眼睛是有用的，眉毛是无用的，但没有人会把眉毛剃掉，因为有了眉毛的依附，整个人就更见风采。现在的老李就差这么一点眉毛。作家苏珊·桑塔格认为她"整个的一生都在为写《床上的爱丽斯》做准备"。这是一部虚构类的作品，她不想走既往写作的老路子，也就显得艰难一些——还好，最终她写出来了，向前迈进一大步，真是太庆幸了。更多的人没有这个可能，在书斋里写写复写写，写出来的却没有什么新意。能够持续写的原因是自己觉得这个过程比较清畅，清畅是什么一个样子，只有自知，但它确实能使我坚持下来。当年和我一起写文章的人大都不写了，去做其他有意思的事。他们觉得我很奇怪。我不知道除了写，我还会做什么，简直就是一个无用的人。

　　那天我经过一个称为"无用空间"的书店，是一位女老板开的，我觉得"无用"二字用得特别好。如果不是她已经用了，我拿来做书斋名，也属上乘。

如风一般的日常

秋日来了，上文房店买纸墨的人好像多了起来。一定是天气凉爽，使人笔下的效率高了起来。一个文士在书房里呆着，就是大量地消耗笔、纸、墨，试图在消耗中逐渐成为名家。苏东坡当年说："笔成冢，墨成池，不及羲之即献之。笔秃千管，墨磨万锭，不作张芝作索靖。"可见他对笔墨消耗是极其推崇的，有消耗才有成名的可能。有人也对我说过他一个月用了多少纸墨，写秃了几管笔。秃笔舍不得丢弃，又插回笔筒里，现在都有一大捆了。我看这些都是常道，有此癖好者必然如此，挣来的一些钱就是投入在这里的。

可是，苏东坡没有说到砚，他不知道怎么说，如他这般研墨挥毫的人，一生也消耗不了一方砚——每个人都这样，砚完好，人没了。

有限与无限，在人和砚的关系上，可以看得明白。

黄庭坚曾认为文士以有限之才追无穷之意，最终还是难以做得圆满。尽管如此，每个还是有穷追的念头。

癖好的日常化是前人的做法，癖好是私有的，不必拎出来强调它有多么重要，前人总是比较内敛，静静地做一些私事，不想让人知道。陆游也是到最后才说自己"六十年间万首诗"，把人吓了一跳——日常就是不惊不乍。张三一伙商量着单车健身，统一买了一堆行头，那个圈子里的人都知道了，也看到第一次出征时的气派。可是没过两个月他们就放弃了，有人问起，每个人都说了一堆理由，好像被人坑了一样。凡事不能如日常坚韧，也就做不长，更不必说做得有点名堂了。洛阳的寇先生九十多岁了还每日写字，他送了我不少字，我一张也没有回送他。他不像我有些想法就写成文章拿去发表。他只是埋头写。他写的字可能能放一个房间了，他还是不停歇。至于字写到什么程度，离古人远还是近，他有时会问我。我认为年岁大了不必多想，也不必与人交游，交游多是错位的，年少者岂能理解。书写这种形式就是让人摆脱群体，自己与自己周旋，尤其是持续与砚这一坚硬之物厮磨，便沾染了沉着不移之气，明知不能洞穿一砚，还是想费心力于其上。

有朋友赠送我砚，并称发墨甚好。我只能笑笑，感谢，知道自己不可能用到它。想到砚有灵，把它摆起来吧。

苏东坡有一次和米南宫相遇，边喝酒边挥毫，兴起而作行草，苦了两个埋头研墨的书童。暮色下来时酒尽纸尽，各自拿着对方的墨迹告辞。日常就是消耗一些物质，消费一个遣兴的午后。估计这个下午两人笔下没有几件是合规矩的，都是墨戏，乱涂乱抹的，酣畅淋漓的，纸上情性而已。宋人给后人不少启示，启示之一就是不必把字写得合规中矩，而是要写得适意，不然就不快活了。快活的人总是比其他文士多一些故事，怪异的、荒唐的，苏东坡和米南宫总是摊到不少，到现在反倒成了雅事。一个文士不能下笔前后都纠缠于规矩，成为一个死守规矩的人。不过，苏、米的情调是与生俱来的，一张嘴一伸手就是这样。很多人不知道此中有道，还是学苏学米的书法，形很快有了，笔情却让人绝望。有人就想装天真、装博学，也就离得更远。苏、米的艺文是留下来让人玩味的、称道的，也是馋人的。不是让后人学的，学了就上当了，永远是隔着一堵墙。我离苏、米很远，我学的都是一些中性的，说起来没有什么情调、情趣，使我也不必装斯文。

迎着秋风在江边走。黄昏时分，便有一些人在放纸鸢，人与纸鸢一样闲适。人在坚实的地上，拽着凌空蹈虚的纸鸢，高低参差，游弋滑动，一叶般轻盈。当年自己搬到江边来时，也拥有几只纸鸢，也放了几回，可惜却没能坚持下来。黄昏这个时段再好不过，不那么明亮刺眼，使人走出家门，面向空旷。自己不放纸鸢，但逢有人的纸鸢上了天空，我还会凭栏张望一阵，想起良宽曾在纸鸢上写了"天上大风"这四个字，便轻松起来。生活如砚一般密集沉实，让人倾心尽力去应付，才能日常下去。不多的闲暇则虚之以待，让一些昏睡中的小情小调苏醒过来。把纸鸢放往空中是一种，垂钓、抚琴、对弈、挥毫都是如此。它们就像是密室中的一扇窗户，沉闷了可以打开来透透气，使日子散漫一些。只是，有情趣的时间不会太多，我看到几个放纸鸢的人开始收线了，有一个人说他晚上还有班。纸鸢越来越低，摇摇晃晃，最后落在实在的江滩上。

阮孚最大的癖好就是收藏木屐，有事无事地给木屐上蜡保养。看上去无聊玩物，其实他想得还是很多的，他说，未知一生当著几量屐？阮孚那个时代的人命数都不长，短长的对比也就常常出现——一个人的身后，橱子里还排列着许多崭新的木屐，主人却不能再穿上它们咔嗒咔嗒地行走。这种反差太现实了，连木屐都长过阮孚的命。这个时代的名士，除了相约游弋山水、访仙寻药、清谈无为外，更在意自己与人相异的私有癖好——张湛好养鸲鹆，支道林好养神骏，王徽之好竹，陶渊明好菊，王羲之好鹅，更奇怪的是王仲宣好听驴叫，袁山松好作挽歌。有的不免怪诞荒唐，非常人之癖。王谢家族中人，白日里理政，是为公器；之余则伸张自己的癖好，也就不论荤素，自个儿做去。仔细感知一下，他们都在外表正经或荒唐的癖好形式中，体验着生存之道，调节着生存的取向，而不是一般人看到的飞觞流罨、白眼青眼那般浅率。

只能珍重时下。如阮孚那般，虽有穿几量屐的疑问，还是每天开心地穿好，再说。

今年秋日，又有不少学子考入中文系。我眼前仍然浮动着当年的气象——这些人似乎都是为文学而生，为当作家而长。班上年岁最小的女生居然已经在入学前就发表好几篇作品了，而痴长她十多岁的老大哥还是空空荡荡，不免让人内心焦灼。那个文气日长的时段，很多话题都围绕写作来展开，关注哪个同窗发了作品，想拜他为师，偷取一些秘诀，否则真是枉为中文系之子。毕业几十年后的聚会，如果再和谁谈文学就幼稚了。秋风吹起了白发，早把文学给吹走了。会写的早已不写，不会写的更不写了。如果有一个外人参加聚会，他听了半天，还是难以判断这些人究竟出自哪个系，那就埋头吃菜吧。

每一场秋风来时，都使我有信手把笔的念头。想到这个癖好不曾消失而是越发巩固了，甚是暗喜。

蒲团之上

雅集中有人带了一幅出家人的书法作品来欣赏，字不多，尺寸也不大，行笔徐缓，便觉安和静穆。我看了一下右上角的肖形印，还有左下角的名号，想了几个问题，就闷声不响地喝茶。爱表达的人已经在展示评说的才华了，生怕落在别人后面。我想的是，一个整天在场面上跑的人，酬酢不暇，来说一位蒲团上人生的书写，相距会有多远。

有时，运气好的时候会看到一些自己比较向往的书法作品，相信当时自己眼里会有光，会无声地观赏很久，甚至整个上午，或者下午，都在看着。实际上，看展览，不论大展小展，通常我就是看几件而已，感受其中的气味、神情，顺便琢磨里边的一些方法。这些作品年份不必久远，有时民国期间的笔墨就甚为佳好。很多场面上的人笔下都很大同，随世作低昂，合于当时的俗常趣味。只有小部分相异，情性不偶于世，以气节自矜，笔下也就旁蹊曲径。想想这些笔墨的作者，有官僚、书生、士庶、僧道，生之有异，活之有别，有的长袖善舞、名位兼有，有的则是草野羁旅、自守寒瘦。像抄经生的笔墨，地位那么低，巴掌大的交际空间，只有寒素，不见绚丽，但蒲团跌坐久了，坐功、手功都极为自然，笔墨也异于名士。这也常使我想起不同的人生之路，一些成就功名的人，除了面上很多的见解，还有一些怪异之举跟着传下来，好像都想成为《世说新语》纸面上的那些人物，可以让后人津津乐道。实际上艺文之道的喜爱，纯是私有之事，每个人屁股下面都有一个蒲团，愿意或者不愿意坐下来，是自己的事。一些人坐下来了，一些人则永远坐不暖，后人是从他们的笔墨发现其中的差异的。名不符实、实不符名，有的被人高估了，有的则一直被低估——如果一个人对过往的那些人事不那么关注声名，真的会察觉是一些没有名头的人，给予了惊异。我通常理解为这样的人在寂寞中草草过去，坐着读、写，他们的笔墨是为后来人准备的。

　　父亲晚年在书法上花了不少时间。每次我回老家都会看到书写的作品量的递增，堆在沙发上渐渐高了起来，还不包含这期间赠送亲友、学生的。父亲写的颜体，这个体的内在和父亲的情性相近，就是沉稳，写得慢慢有些颤笔，或者是颤笔的产生缘于慢慢地写。父亲和我一样，向来在选择上都不趋奇走怪，而追平正，让人看了也觉得没有什么可以拍案叫绝的——找一种能够让人坐下来慢慢做的技艺是很必要的，尤其做一件平淡的事。古人有"非奇不传"之说，想传世想得不行，文人轶事如果寡淡无味，那真没有什么可说道的。颜体笃定，像在蒲团上的重器，难以移易，学的人也当如此，坐定了，不要老想着站起来，一溜烟跑到繁杂的场面上。一个人长久面对一个方向，慢慢就有些形似神似了。不过，我和父亲不同的地方在于他不说——他写字只是为了遣兴、健身。一管羊毫写尽此时心事。他坐在安稳的藤椅上和别人说话，可能涉及很多方面，却从不和人说书法，更不会给别人指点。不像我作为一个谋生的职业，每周都在说，甚至别人找我也是为了能一起说说书法。其实我的内心倾向于安坐，同时也以为自行感悟最好——每位喜爱书道的人都在古代这个虚拟空间里自以为是地学文学艺，以为这样就可以近王羲之、颜真卿，时间的鸿沟横在那里，其中滋味岂是如此容易品咂？我想起《廊桥遗梦》中提到的一瓶白兰地——一九六五年八月，罗伯特·金凯德为了拍摄罗斯曼桥认识了弗朗西斯卡，在四天的时间里，两人几乎把最后一瓶白兰地喝光了。接下来就是时日推进，弗朗西斯卡的牧场黄了绿，绿了又黄。一九八九年一月，儿子迈克尔和女儿卡罗琳在完成了母亲弗朗西斯卡的葬礼后，找到了藏身在碗柜里的这瓶白兰地——几乎空了，但还能够上两小杯，他们把它干了。我要说的是一瓶酒在二十多年的时间里，被不同情境中的人饮用，那种滋味，永远是说不好，也是不说的好。

　　我书房里有两张坐下来十分舒适的绳椅，有事无事且静坐——很多经历表明坐下来是比较实在的，坐着的这个人可以进行一些有实效的工作。没参加工作时，父母就认为一技之长于一个人的不可缺少。我后来认为，人的底气也源于此，其余就是伪饰了，说起来很虚妄。这也使我准备了能舒适安坐的椅子，坐下就有一些主意萌生。以前我觉得人在书房就是取其静，与喧哗的外界有所相隔。近来想想也非如此。一个人不言语，固然静得很，但思绪开始纵横恣肆，如海上波澜涌动，便要把笔拿起来，用草法在纸上飞速去写，自谓其乐莫能逾之。但写得多了，矛盾、冲突也跟着来了，便觉得不妙，好像掉在一个俗套里，并不是自己原先想进入的那个秘境。于是废去重来，也不会觉得很辛劳，以为人生自度也就如此。当然，有时灵光闪现，意驰康庄，则笔下不可羁勒，纸面一时千百字。太阳落山的时候，书房渐渐暗了下来，此时亦无须开灯，只是信笔写去，在渐渐暗下的光线里，唯有自己看到了生机的涌动，于无声里有大声鞚鞳。对于旁人来说，未必知道刚才在书房里，有一位文士坐着，却处在潮水的激荡之中。

　　当我看到卡夫卡给菲利斯写了五百多封信，艾略特给艾米莉写了一千多封信，我就会联想到他们的坐功——一定是坐着写，才能如此细腻和绵长，在从容不迫中表达此时奔涌出的真情。写信可以成为个人日常生活中一个丰富浪漫的部分，从柴米油盐的味道中抽身出来，使日子有一种其他的色泽。可惜的是菲利斯写给卡夫卡的信、艾米莉写给艾略特的信都不见了——通信大抵是一来一往对等的，这两位女士写下的信也就同样是一个不小的数字。可惜了当时的情怀，让人无限地遐想她们一次次地坐下来，笔端流泻的是怎样一种隐秘。这些年我也有坐下来写信的时候，已经有人说我写的信简直没有什么可读的了，文采全无，就像欧阳永叔说的："叙暌离，通讯问……不过数行而已。"有位八十多岁的老太太常常来信，以旧日信笺竖式书写，旧学功夫也好，不时有自作诗、自填词于其中，文采焕然，其中的一些典故，没有一点古典文学识见的还真不知何意。她的意思是——我连信都没有写好。她是觉得很奇怪的。后来，我也想好好坐下来把信写得有意味些，至少字数多一些，有哲思支持又辞笔春风。但是，这样的信终了还是一封都没能写出来——如果一个人连写信都有意要写好，那做其他事大概也是如此了。

从坐着的姿势看，一个人变得敛约了，像晚间合拢起来的含羞草，没有站立起来的轩昂气势——颐指气使，说的就是站立时一种凌人的状态，是坐下来使人呈现出顿挫和收束，神韵含着，气象盘着，静止得没有一点声响。古人有许多坐对江山之说，似乎静坐中的人在流动的水面前，会有更深一层的感受，发出逝川的浩叹。好运的人在水流中会悟到一些笔法，那真是要让大家都知道的。黄山谷曾说："坐见江山，每于此中作草，似得江山之助。"如此，着实让我眼红。这样坐而悟的人当然不多，更多的人长坐、久坐而不悟。我就是坐而不悟者，我喜欢坐下来的实在，至于有多少凌空蹈虚的超越，则无从对人言说——只是觉得坐这种姿势让人从容、心安，能坐着阅读、书写就是一种幸运了，不惊宠辱、不涉卑亢，在坐中笔走蛇龙，不问西东，一时不想起来。

每个人都坐在自己的蒲团上，适其所适，渐渐相近相远。

厚重的　坚硬的

　　书房里有一个大的书案。我不会电脑，案头上的摆设就与旧日文士差不多——许多纸质的版本堆着。几个大笔筒，上面插满了毛笔，用过的、没用过的，尖锐的、散开的。如果清理一下会精整许多，但是许多文士都是这样的习惯，用秃了也不舍得丢弃，还是插在上边。书案的隔层都是宣纸，四尺的、六尺的，棉料的、净皮的，它们的数量要比毛笔多出无数，如果再加上各式的花笺，那真是一个不小的数目。墨条相对就会少一些，但也堆了不少，等待一条条地磨去。除了自己买的，就是同道赠送的，说是老墨、古墨，他们习惯用墨汁了，觉得时光可以节省许多，我是一个不想节省时光的人，既然研墨耗费时光，那么研磨出来的墨汁就一定含有一些特别的成分。时光对一个文士来说，不是做这件事，就是做那件事，不能认为研墨的缓慢是浪费。桌上数量最少的就是砚台，只有一方，以一而应对其他的无数。这是一位学生送的，歙砚，说是清时物件。我素无查考癖好，只是觉得石质滋润，又有一些迷蒙的金晕，云霞一般。主要还是发墨好，便一直用到如今。看它那么厚实、坚硬，一副凛然不可犯的镇静样，便觉得书房有此，足以安定。

　　我想起当年谢安与名士们泛海游乐，风浪渐渐大起来的时候，原先的快意转变为不安，神色慌张下再无名士的风流潇洒状了。唯谢安一人神闲气定，如重器置于平地。这也使人在对比之后感慨之至，觉得谢安度量气象，足以镇安朝野。

在我看来，谢安就是一方厚重之砚。

和砚台相比，笔墨、纸都是消耗之物，一管用万千禽兽毛羽制成的笔，其中多少细节充满。一管始成，每一支毛羽都固定了自己的位置，有的可成为主毫，有的则只能为副毫了，它们配合好挂在笔架上，真像一朵朵下垂的将要绽放的白玉兰，挺拔而凝聚。尤其是笔锋，通常是文士注视的焦点。"笔锋杀尽山中兔"——这是李太白说的，我的理解是为了有坚韧的笔锋，山中兔子们奉献了自己的毫毛与生命。可惜的是一管毛笔是用不了多久的——如果是用中锋，一笔一画写楷书，笔的寿命还可以长一些。更多人喜欢以侧锋写草书，取其险峻突兀，一下笔就狂驰横扫，不须多久，笔锋在加速的摩擦中损兵折将。锋芒秃了再用的人当然也有，像朱耷，有时还嫌笔锋太尖，用火焚去一些，这样书写起来笔调会更含蓄内敛。更多的人在笔锋销尽前就及时更换新笔，因为秃了就说明这管笔走到尽头，理应退下来了。宣纸更是日日见出损耗，一幅之所成，总是要有许多宣纸陪练的，废纸三千何曾多。架子上的宣纸看起来堆积成垛，却每天都在消耗着，有时开车上街，经过四宝堂，就要停下来买一些囤着，让它们去去火气和躁气。旧纸用完了，新纸也成旧纸了，轮番更替，置之笔下。一位喜好八法的人闲来无事，一天可以耗费多少纸，说起来有人是不信的，没有毛笔书写经历的人，说与他听，则以为是传奇。李太白曾说怀素"须臾扫尽数千张"，鲁收也说怀素的用纸态"狂来纸尽势不尽"，可见，没有足够的纸是不能尽书法家狂放之兴的。纸是不嫌多的，有时客人上门，手上会提一刀上好的宣纸，我就觉得这个礼送得太合主人心意了。

墨条在柜子里躺着，松烟的、油烟的，墨条走向了精致，也就雕龙画凤，色彩缤纷。喜欢自己研墨书写的人是不会让这些溢金流彩的墨条成为摆设的，每日都会有一些时间慢悠悠地研磨着，看着水纹一圈圈地晃动，清水越发黑亮起来。研墨是个工夫活——这个生活环境里最缺少的就是耐性。能持守研墨的人，都是有耐性的。研墨的过程里想着接下来要书写的事，写什么，怎么写。或者什么都不想，就是寂静无声地研磨着。研墨如病夫——古人下了这么一个定义，那就注定不是鲞然游刃那般的放纵，这样的心境、动作也表明了研磨出来的墨汁与机器生产的墨汁的差别，情性和动作都融在里边了。铿铿硬朗的一锭墨，敲击时发出金石一般的声响，而六棱柱形，竖立起来铮铮骨力。它和砚的交往是由水来做媒介的。过了一段时间，六棱柱已由巨人变成了侏儒，再后来，消失于砚上的水里。

有一位女书法家办个人书法展览，别出心裁地把自己用过的毛笔也拿出来，成为展览的一部分——此前还没有人如此，她让人看到了消耗，时光的消耗，人生的消耗，精神的消耗，无尽的消耗。每一位爱好者如果都有心，把用过的秃笔收集起来，都可以建立一个如智永那般的"笔冢"。没有人像她想得这么远，无声胜有声，这些秃笔无非说明了一个道理，成为书法家，先消耗这些笔再说吧。可是，她没有把自己用穿的几方砚台拿出来展览——砚台太坚硬了，即便一个人不舍昼夜地磨炼，砚台总是在消磨其他，而自己少有消耗。以至于文士勤勉一生，砚台依旧完好，只能等待下一位研磨者。前人说："古砚微凹聚墨多。"这需要多少时日，比滴水穿石更见艰难。这也使一位文士可以和人说道用了多少笔墨，却无从与人说用透几方砚台。真说了也无人相信有这样的穿透力量。有几次我见到不耐心的人烦躁地下力研磨，心里便怜悯起来——一个人和砚置什么气呢，置得过砚台吗？在砚台面前，人终究还是要松弛下来，安和一点。

不动声色的砚台，把人的脾性磨洗得和它一般。

世上物象千万，也就有相应的收藏者。为了保证藏品的完好无损，就需要有一套琐细的做法。南方的潮气太重了，春日里空气中像是含水，收藏字画者就得想办法使它们安然度过这个季节。潮气是不可抵御的，悄然无声地潜入密封的箱子里，落在纸面上，成为或大或小的霉点。抽湿机好像没什么用，终日开着，霉点还是由疏而密，蔓延开来。只能过后拿到装裱店，让师傅将霉点洗去。但师傅说，过几年你还会来。如果一个人收藏砚台，他会一年四季轻松得多，南方再潮湿，又与砚台何干。砚不为人所用了，物用价值消失，但传了下来，审美价值却大大提高了。试想想，如果是一方徐文长用过的砚，它会引起多少联想，想他的狂放涂抹都是从这方砚出发的，也想起他在《四声猿》里酣畅淋漓的骂词，很奇肆，也很野性。主人最希望的就是一方砚的背后有许多的故事，真的幻的都好，想据此来固定一方砚的品位。故事永远都不嫌多，故事越多，事态也就越离开写实，蹈其虚空，让人琢磨其中真实的概率有多少。主人一方方地讲解，还让我读读背面篆书的砚铭，说他判断这方砚或者那方砚是这个文豪或者那个名流使用过的。我只是笑笑，因为铭文或者修辞都有点问题，但我不愿提出来。每一方砚都有自己的精神家园，当年分别在南方北方文士的家中，有的是钟鸣鼎食的，有的是藜藿难继的，却都浮动墨香，为不同的文士所用。柔软的肉体消失后，这些砚台寂寞无主，堆叠着让人贩卖，运送到大大小小的古玩市场，任人挑选。它们被一些藏家看上了，讨价还价，带回陌生的家园。主人中意的话，会用红木去做一个墨盒，把砚盛在里边，使其高贵。只是我每次欣赏已成藏品的砚，心中大抵不会泛起波澜，因为不知道它发墨如何，是否和墨可以形成默契——当一方砚不置于案头，那么我还能说它什么呢？

　　在皖南见得最多的就是砚。原本就是从岩壁上采下来的石头，如果没有人指出，那些堆着的石头就是案头砚台的前身，是工于治砚的巧匠通过自己的技能，成就砚的精美。神仙灵异，龙凤祥瑞，山川渔樵，草木花实，凿刻时依石之形而选择，使原石各有附着，各见独异。一个大空间里各式的架子上摆放大小无数的砚台，有巨大沉雄的，几个人方可抬起；有小巧雅致的，置之掌心玩赏。一抚台面，皆一如小儿肌肤，细嫩丝滑。砚台多了，空间就显得硬气，加上时值寒冬，更增添凛冽之意。有几个人进来，显然是想买砚台做礼品送人，他们走走停停，指点议论，选定一方盘龙又有金晕的。当一方砚成摆设，不让墨汁与它相关，它就只是作为欣赏品存在了。原先它的出现是为了使我们生活中的慢不至于失传，主人每日要研磨、濡墨，使书写日常化地进行下去。砚一旦不实用了，就不再是墨渖淋漓湿漉漉的了。砚不落墨，洁净无比，每个人都会情不自禁地伸出手来，抚摸一下。如果砚有灵也是会惆怅一番——一定是有用到自己的那个时代过去了，现在的自己真可算得上无用之物，才会被供起来，让人千看万看。庄子曾经以一棵毫无作用的大树为喻，说明无用可以得长生。现在的砚台也是这样，无用，让墨盒保护起来了，完全可以在黑暗中长睡不醒。

　　一个文士和一方砚能厮守多久？恐怕没有一个人和一方砚能有始有终的。如同体验不同的纸笔，有时就更换一下，感受另一方砚在研磨时的微妙差别。文士对砚不会有什么梦想，梦笔生花说起来会有人相信，除了浪漫还有美感，这是由一管笔的形态赋予的。但说梦与砚有什么联系，似无听说。缘于它的厚实沉重难有灵气显现，砚太实在了。砚在案上大抵岿然不动，笔、墨则动个不停。每方砚来自不同的石脉，很苦寒的，很潮湿的，这也构成了每一方砚的脾性，藏在看起来、摸起来都细腻的背后。一方砚更新之后，手上感觉便有不同，也许发墨的疾涩感虚无缥缈，却还是传导到指尖上了。研磨者越放松，心无沧桑，越能让时日悄然划过，只关照指尖下的这汪水。伊亚·颜贝里说的一句话让人听了轻松许多："生活在不断变化，疯狂地试图抓住某些东西是无意义的。"研墨就是让人松动，把时间化在单调的动作里。这个过程很长，长到大量的时间都在里边了。最后对于一盏亮泽的手研墨汁，心怀欢喜。试图抓紧时间的人基本倾向于流水线上的瓶装墨汁——科学技术的发展，把耗费时间的一些日常取消了。这里就包括了与砚亲近这一细节，让它消失在日常生活之外。不难看出这是对书写态度的一个重大改变，这个细节很感性，却不需要了。研墨和瓶装墨最大的不同就是私人性，探求研墨时一个人的内心哲理，可归到情性美学上来阐释的——每次研墨都是异样心绪，很蓬勃的、很幽怨的。易安居士写"黄昏疏雨湿秋千"时，砚上不知多少清泪；辛稼轩抒发"我志在寥阔"时，墨汁都溢出砚外。这也是一些文士坚守研墨这个动作的原因，从砚上察觉墨汁的个人滋味——太浓了用水滴子滴几点水，太淡了再在砚上信手三两下。砚台是任人磨的，至于色泽适宜与否，说起来也不必测量，纯乎个人感觉，自适即可。有人以为墨分五色，那是个人的看法，在和水的交融中，我以为水汪汪的砚上总是会有难以细分的层次。

那么，在砚上试试笔，濡墨吧。

后来，研墨机出现了，它依然需要一方砚，仿照人研磨的动作，可快可慢地推动墨条。在研墨机工作的这段时间，主人尽可以离开，做其他的事去，或者就坐下来，等待墨色渐渐深浓。有同道和我说研墨机的种种好处，想赠送一架给我。我还是谢绝了。有些时间就不要那么节省，就算手工研墨浪费时间，那就浪费吧，浪费在砚台上也是一种必然。其实，我们的人生在无聊方面的浪费太多而不自知，而浪费一些在砚台上又太讲究，会花心思设计出研墨机。我对研墨机下的墨汁是有抵触的，如果砚有知，它也会觉察出研磨过程中的毫无情性、教养，又如何比之一个人的手作。一个人在一个行当上周旋久了，敏感的程度逐渐上升，似乎微风从花上过他都可以听得到。敏感上升了，要求就苛刻了，似乎每一次在砚上的行程，都要达到那个节点上——我说的不是时钟上的那个节点，而是内心的那个感觉——砚上的感觉。感觉是捉摸不定的，如同古人说的"一切唯心造"。要等一管笔触及砚上墨汁，才可能豁然清朗。

　　文士雅集，便携了笔与印章前去——没有谁会带上一方砚前往。砚是不动之物，难有出走书斋的机会，除非乔迁，它才可能随着运送的车马，看到外面世界的一角。砚总是一如既往的冰冷，如果是冬日，似乎要在不停地研磨中才能温暖它。在世人的眼中，砚素来就是以不动应万动，不动就引不起注意，没有谁会注意一方卧着的砚——常年的使用，也使它门面毛糙、残渣附着，没有谁会给砚台洗个澡，弄得满手满池都是墨渍。砚作为文玩中具有忍耐和隐藏特性的物件，最后让人看不到它四围雕着的一条龙，是薄意技法那般的浅雕，因为被墨渣填满了。王羲之的《兰亭序》肯定和砚是有关系的，没有人留意到那是一方什么砚，而是考究出了王羲之是用鼠须笔和蚕茧纸，二者助力了《兰亭序》的神奇。彤管清风，玉版雪肌，笔纸都是吸引眼球的，如果是一管笔动起来，速度、激情裹挟，加上吼叫，像张旭、怀素那般，也就成为一种场面流传下来。砚台都在场面效果之外，连同许多的濡墨细节。像文徵明这样的江南书法家，小楷写到如此纤秀，他的毫尖在砚边濡墨时，我想就是一下、两下、三下，绝不会蜻蜓点水般草草而去。而像陈道复，下笔在砚台上的态度则要急切得多，墨汁濡足，急急赶路——这些当然是我的一些判断，根据他们的笔迹，想到他们对于砚的态度。不同的方式意示着每一位书写者有着更多的自由和随便。有一位老先生长髯飘拂，已经在砚前站了一会儿，许多人以为他要下笔了，可是没有。他拈着笔一直在砚边舔着墨汁，似乎要让笔锋磨成剑锋。他就像一个球员不断地用脚掌颠球，颠着颠着，就是颠而不发。这时，人们才注意到笔，也注意到砚了。山以不动为法，水以长流为宗，砚的前身就是山，和日益流动的水流、人流、意识流、信息流形成对比。砚是细化的山，内在储存了厚重和硬朗，在黝黑的面相里，持守着静默。

　　如今还在案头置一方砚的人，还真是持守了一种缓慢的日常。一日里有许多时间是快的，如风一般，不成为快手还真不行，谋生使人感受到快的必要性，而不是不合时宜的慢。陶渊明的田园生活让人赞美他的高洁单纯，但理想化的欣赏也真有些不负责任。如果缺乏生活经验，步了陶渊明的后尘，那才是给自己找麻烦了。情调总是建立在生存之后，然后再说砚的风雅，说研墨的趣味。世上最爱砚台的人是米南宫，他在宋徽宗面前挥毫，见皇上的砚台不同一般，就抱着走了，衣服虽是汤汤水水，脸上却是喜不自胜。我要说的是一个能和皇帝交流书法的人，喜欢砚也是正常之至，因为日子一定过得富足，心情也好，他才能安和地站在砚台前，自然而然地写出一些刚柔兼济、奇正相生、虚实互见的美感。

很明显的是，厚重的砚台大多从案头上撤下来了，与之搭配的纸、墨、笔、镇纸、印泥也一并不见了，换上来的是合时宜的一套物件，譬如，围绕电脑来展开的一切。时兴的气息起来了，古雅的韵致就流失了。砚台不见了，研磨的动作也就不存在了。

看起来是动作的转换，背后却是天翻地覆的变迁，精神的、思想的、情性的、襟怀的……一代人对于砚上研磨的动作，是否可以传递到下一代人的意识和记忆里？现在的人每每言说承传，是希望不唯新，把故有的坚持下去。没有办法，就像谁也没有力量挽住逐渐西颓的夕阳，眼看着暮色合拢。把一方厚重的砚传承下去，似乎没有这个说法。因为传承了砚，也就要传承相应的与之搭档的那些典雅器物。有一户诗书人家，邻居都很看好，父子都在不同的高校任教，而且都给文学院的学生讲授六朝文学。小先生帅气，口才也好，史料的运用也胜于既往，使一堂堂文学课都受到欢迎。有人发现老先生更有过人之处，他讲授陆机《文赋》，会延伸到陆机的章草《平复帖》，进行文风书风的比较，揭示迥异的成因。欣赏王羲之散文《兰亭序》，他会和同学们细说书法《兰亭序》的真伪，他学过《兰亭序》，至今笔下还是清风出袖、明月入怀那般韵致，至于真伪的辨析，老先生是从创作链这个角度来说的。在说道东晋文人玄释心态时，他会将这些名士的诗文和无名氏的写经小楷联缀起来感知，探讨自适和他适心态在文学、书法上的差异。六朝的名家书法和无名氏书法，老先生都写过不少，此时和文学对照评说，那真是感性多了，换句话说，把六朝的文学史和书法史说活了。这些，小先生是无能为力的。有人说起小先生的短板，只是说——他案头少了一方砚。

案头文人气味依旧，只是不再有往日的厚重和坚硬。

渐渐深沉的时刻

　　闲下来的时候，沿闽江边走，看到日将落下，便倚栏看它一阵，觉得身心也徐徐落下。我好几次想到《儒林外史》里的两位挑粪工，他们说事做完了到永宁泉去吃一壶茶水，再一起到雨花台看日落。可以随想，他们把粪桶洗刷干净、手脚洗刷干净，一身轻快，悠闲地吃着茶，再往雨花台，于高处坐下，静静地看着"那一轮红日，沉沉地傍着山头下去了"。文中说的是看落日，而不会说看夕阳，看夕阳就没有味道了，它说的是一个时间状态，似乎就停顿在那里不动了。而落日二字，一触及，明显就给人一种动感，缓缓地、徐徐地，向下地，让人目光追随，心有所动。或许他们边看还会交流一下，直到落日尽了，再也看不到了。暮霭合拢而来，风大起来了，拂动衣襟。此时，慢慢走下雨花台，各自回家。

　　有人讲解这个话题，着重讲解两位看落日者的身份，似乎挑粪工有此六朝烟水气让人惊讶。我觉得荒唐——每一个不同职业的人都有自己的情调，士庶、僧道、商贾、孀妇，都有，用以补充、调节生存的枯索。许多职业太寡淡无味了，只不过无从改变，只好年复一年依旧。作为谋生的手段，是不可计较的。太平公主被母亲送到感业寺修行，她自己厌烦透了，可是没办法，不去不行，只能在顺从中时时使点小伎俩，寻点小开心，让日子慢慢过去。

　　情调说起来是解决自己的精神需要，它不能制造什么物质财富，就像这两位挑粪工看落日换不来银两。但是看了落日，心情快活了不少，至少可以延续到晚间的睡梦里。

　　情调不需与人说道，自己感受便是。

　　参加活动，看到张三在台上讲话，便觉得挺有意思。他本来讲话不是这样的，现在照着稿子念，一本正经，有时还磕绊了一下，就像支道林圈养的那只鹤，铩其羽不能飞起，只好垂头顾翅。这时我就想，你赶紧下台吧，让人看了难受。在一些场合似乎都得这样，所谓的一本正经，情调先敛藏起来，让行政的气味先飞扬一阵，这也使一个人台上台下有许多差异，直到看到他闲散放旷的那一部分，才大抵能确定此人是真的。有时我们对一个人看不清，主要是没看到秘不示人的那些细节，于是觉得还是疏离一点更好。像阮籍那样几十年都不表达自己对人事的态度，别人与之相处，也只能说一些今天天气哈哈哈，敷衍了事。

　　我在一些活动中都是隐于幕后，替我在场面上的是我的书法作品。每次我都想写得完美一点，让人看了有所认知，这样便耗费不少纸墨。给人看的还是法度，笔笔不爽，无往不收，至少在规矩上是守得住的。后来发现不少人也如此，合于展览轨范，不离矩矱太远，什么都合适了，也就没有多少情调在里边。史上如欧阳询、柳公权也是如此，笔下极端严密，多一分则长，少一分则短，堪为典范，却没什么味道可品——其实像他们功夫这么扎实的人，喝一点酒，胡乱涂抹，可能会趣味横纵让人惊绝。说起来自己平素不经意写的，或者是带着某些情绪下笔的，都有不少特色。信笔不拘，矮纸斜行闲作草，忽然挥扫不自知，才真是情性淋漓。这些都被我收拾起来藏在橱子里了，并不想让人看到另一种真实。我想有不少人是这样，在那些涂抹的痕迹里，储存了一个人情性大于法则的恣肆，如果不是偶然泄露，何能知晓。

　　有人问我弘一哪一幅字写得好，我觉得谈不上写得好，就是写得认真，他写的大量礼佛文字，那么多重复字居然可以写到字字相同，显示了一个人在佛陀面前的持守，看得到心性敛约的虔诚。还好有最后时刻的"悲欣交集"，才展示出纵笔无碍的真情性，指腕放开了，墨迹粗放干涩，笔在行走中呈现出深沉的摩擦，不知胜过既往多少谨慎。

有时就是等待那个机会的到来，轰然大开。

从林语堂对王安石、苏东坡的研究来看，王安石是没有什么情调的，而苏东坡则情调满满。有情调随之有许多故事，说苏东坡的人也就日多。没有情调的王安石日子也过得不错，按没有情调的路径安排自己，也可以生前富贵死后文章，犯不着装出很有情调的样式来。情调伪装是徒劳的，因为不是从个人的深处自然产生的，有意为之就如何都不像。棋琴书画说起来是培养东方人情调的常见形式，似乎效仿了可以使一个人的言行有所颐养变化，古人如此认识还是有道理在内的，人心古，生活慢，对于扭转一个人还是有可能的。越往后，这样的可能性越小。比较可靠的就是守住自己喜好的那个小摊子，独立地做去，不徇时，也不徇势，至于能做到什么程度也没有把握，只是小开心而已，捂起来自己享受。当然，不少的时光我也有点五四青年式那般苦闷和彷徨，不知当如何支持自己的爱好，使之能继续向前。此路是否通向长安？也难知晓。而且在我的脾性上也有很固执的一面，当某个方面停滞下来时，并不乐意向人讨教，愿意自己熬着琢磨，觉得倚仗个人的可靠，而那些能交流的全是皮相。终了是有的问题成了死结，永远解不开了，而那些让我穿透出来的，我觉得是问学生活中的一点小情调——每个人都不时地需要一点小情调来自娱。

每个人都有自己的审美故乡，不是在台上让人观看的，而是在隐秘处供自己咀嚼回味。个人的审美都不会是雄阔宏大，那些远离自己感受的空洞邈远，毕竟难以把握。而基于个人喜好的那些小的、细的，情节都是那么丰富又让人亲切。白日里，每个人都在尽全身之力，完成谋生所需要达到的任务量，如果能超额就更好了——街头那些如急流闪电一般掠过的青年快递员的身影，让整个白日紧张起来。生存是很有意义的，压力产生了动力的意义，不少人已近乎机器，只有在工余，遣兴抒情才随之复活。这些大抵是谈不上什么重大意义的琐屑，只是很松弛散漫。就像书法家聚在一起，谁还认真地谈碑帖论笔法呢，那真会让人觉得迂腐。这时老吴眉飞色舞地说起他在贝宁援助时的种种趣事是最受欢迎的。尽管大家已听过好几次，但每次他开讲，大家还是神情专注，希望他多发挥一些，说得野趣一点。

　　情调按正经的认定要趋于高雅，但点缀平庸紧张的日子，还是俗常品性更宜于寻常人性，在大雅大俗之间，选择后者是一种普遍性——我们都是寻常人，过着寻常调性的日子，自然而然无疑最好。

　　不时信手抄录几首宋词，冥冥中觉得抄宋词会使人兴致盎然首尾不倦。它长短不一的句式，比唐诗的齐整来得跌宕错落，趁此把笔停下或跃了过去。除了这个原因，还是习惯于宋词人的低吟浅唱，这个时段的人太倾注于自己的内心关怀了，那么幽微、婉曲，托付给寒鸦、暮云、衰草、烟霭这些飘忽无定、不具骨感的意象。有时想选几首来应景，不是愁、怨、哀，就是孤、危、残——真细读的话，应景便不适宜。宋词人的愁有海天般广大啊，春来也愁，离别也愁，就是闲下来也有说不尽的愁。这使宋词最宜于室内独自把玩，领略每一家的心绪是那么细腻地抒发。有人说中年以后会更喜好杜子美的诗，感世道民生之艰；其实，中年以后也宜于亲近宋词，它避开了那些大而无当的表达，专注于渺小个体的一点点小情小调。宋词人那么多，真读清楚了，会发现其中有一位，或者两位，和自己是那么相似，像是前世今生。

　　在很多人睡眼惺忪地起大早，匆匆拾级而上等待日出时，有的人则在黄昏时刻不急不慢地目睹落日的下沉。前者是急切地、雀跃地，后者则是敛约地、悠闲地。相比而言，日落携带了回归感和安然的气味，观者甚至在落日收藏最后一缕光芒时，会不由自主地叹一口气，说不出是因为什么。

　　我把这归结为情调。

从这里到那里

　　有个亲戚来家里，环顾房间说，都几年过去了，摆放都还是老样子，太陈旧了。不妨每隔一段时间把器物调整一下，空间感就会很新鲜，也会很有情调。他好像是做统计的，对数字的调动特别敏感，奇数、偶数，并列、拆开，会有许多不重复的组合，使空间日日新。他走了以后我开始艰难地调整，有的家具太沉了，有的器皿又太脆了，使移动小心翼翼，怕闪了腰，又怕碎了宝贝。一个下午过去，空间调节终于完成，的确生出陌生的气氛——从熟悉回到陌生，这就叫情调吧，不由暗自称奇。

　　不过，第二天我还是把它们又还原回去了——昨日的劳动纯属瞎折腾，有的空间就只能放这个，不动它是最好的。有的虽然可以小动，但还是让我觉得碍眼了，或者不顺手了。譬如那张单人罗汉床，我移动之后，躺下来就看不到后院青山和毛茸茸的芦花了。这件事给我比较长久的教训，空间是有相对稳定性的，当放置与之相适之物。且每个人的空间感差异，真不必应和他人之说，自己心安便好。记得有人也以挪动家具的例子来回答陈寅恪的疑问，我想陈寅恪这样的笃定之人，才不会理睬这样的说法。

　　空间不论大小，如果有一个小书房，桌案一定要朝着光亮的一面，使眼睛可以看得清楚一些。在这个最明快的朝向，文士看看书，或者写写字，累了看看光亮下的草木，然后再看看书、写写字。吃饭却可以面对被炊烟熏得黑乎乎的墙壁，反正再如何昏暗，也不至于把饭吃到鼻子里去。吃饭时间毕竟很短，书房时间会长得多。日常生存中总是会关照重要的方面，次要的全然可以漠视一些。张三到我家来，我送他一本上好册页，他说不敢用，平素都是用很廉价的纸张。这使我很疑惑——廉价的纸面，这个空间能培养人的敏锐吗？他那么爱写字，算是书法家和有钱人了，为什么没有对文房精良的追求？一张精良的纸摊开，就是一个丰富的空间，而劣质纸则贫瘠之至，不辨晕润飞白，只会坏了自家笔性。那天我看到一位朋友藏的一些旧纸，风雨落在上面已经斑驳昏黄，试了一下笔，居然非同一般，便讨了一些来，如果用它们来写宋人幽怨的词，不知有多么上手，它的背景就是南宋的迷迷蒙蒙。

文士都会设置一个空间，然后由自己的感觉来经营。脂砚斋曾说《红楼梦》的作者写了那么多的女子，每个人的哭不同，笑不同，甚至睡态也不同，"真是人人俱尽，个个活跳，吾不知作者胸中埋伏多少裙钗"。显然，见出作者的本领了，否则这么多人挤在一起，一不小心就煮成一锅粥，小姐不是小姐，丫鬟不像丫鬟，空间再巧设也没用。空间储存了人的无数细节，不说整体人群，就是具体的一个人，也都是由细节包裹着，这些细节最终构成独异的人，没有同者。

伊亚·颜贝里有一本《细节》，写生命的独立性的推进，他们的空间状态非常活跃，自己和他人的关系，一群人、两代人的关系，来来去去。不过，她写的是人垂老前的状态。人越往后越受空间限制，老友们的聚会取消了，单位的慰问会也不去了，老友不会来看他，他也不会去看老友。在家中小空间里作碎步走，盯着地面，生怕一个不稳而扑倒在地。写信算是垂老时拓宽空间的自在方式，如果几方的老友都有这样的愿望，都用笔交流，信来信往，人的内心储存起不少期待，猜度就要到来的信里是否推进了他们讨论的那个话题，还是会很快乐。后来有一方说手抖得厉害，眼神也不济了，这个连接外部空间的方式只好终止。用电话互问近况、互致保重是最后一个方式，它不似写信有文稿留存，但比写信亲切，可以听到对方的腔调，还有笑声。后来耳听又走向迟钝了，这头喂喂，那头啊啊，常常是草草结束。如果晚年的孟郊读到自己写下的"春风得意马蹄疾，一日看尽长安花"，不知会多么感慨，裘马轻狂意，加上强健的体魄，天下又何处不可抵达。

清人金圣叹曾比喻过密集的状态："如众水之毕赴大海，如群真之咸会天阙，如万方捷书齐到甘泉，如五夜火符亲会流珠。"城市生活实践使人便于读懂金圣叹的意思，那么多人在同样的时间段涌到路上，为谋生而行色匆匆又小心翼翼，生怕别人碰了自己，也怕自己碰了别人。人流太密集了，心弦就绷得紧张之至——我要一直把车开进校园，紧张感才会慢慢消失。我一直把校园当作宽松的所在，不仅身心宽松，车也宽松，随便停吧。因为宽松，一个人变得松弛，不争朝夕。人平和下来，会想着把自己的专业做好，做得有特色一些。有些相识者不断地变换谋生方式，不断从熟悉到陌生，我却从来没有这种想法，而是使熟悉不断加深。如果说有所变动的话，就是从文学院调到美术学院，这两个学院的对比体验，对丰富我的文艺情怀太重要了，很明显，触及的话题不同，表现的方式大相径庭。有人问我感觉如何，我说艺文兼备是我自少年时的理想。哈哈，说起来有点大言不惭了。真实的想法是——美术学院的空间更让人任情恣性、横纵不羁，自谓其乐莫逾于此。

在古人画中，高士图是我一贯喜欢的——总是有某位高士，身后僮仆抱着琴，两人无语，正踩着落叶往萧疏的山林走去。你不知他们要走多远，也不知道哪个方位适宜他们抚琴，从素淡的表情上看，他们还得走上一段，挑个很空的地方。

最近，我的收获就是读到了天宝年间沙门湛然写的一幅墓志铭，可能没有几个人见过。我惊异他的笔调已开苏东坡楷书之先河，或者说与苏氏楷书相比也毫不逊色。庄重精美，细节全然入里，可容人细看。笔法如此纯熟的人，那么他成熟前、成熟后还有哪些遗留？无人可以应答。他不可能像苏东坡那样，写了那么多，大幅的小品的，楷书的行书的，虽然宦途局蹐，艺文上却风头无两。湛然可能一辈子就留下这么一件，还是石碑坚硬，不被磨灭。湛然的存在推进了我的思路，不管庙堂之高，江海之远，兰若之深，都不免要从孩童触及书写，他们长成之后或心悬魏阙、渔樵山水、晨钟暮鼓，形成各自的人生，都可以出现卓荦的人才。尽管各人的生存已经很有秩序地稳定下来，条件相差太多，穷达有如云泥，还是各自安心认命。空间不可能置换，相互之间也不会有任何交集，只是各适其适，持守寻常的日子和书写。蓬门下、空门下的写写复写写，也能有所成，只不过声名无从进入更为广大的空间，人就不见了。

　　只能说，千年过去，我还能见到，是一种幸运。

另一种表达

一九六九年，康同璧去世。

如果说去世前比较开心的一件事，那就是过了最后的一个生日。

那一天，康同璧的世交、故旧前来参加。她们的上一辈有交往，延至下一辈，也有交往，说起来都是一些有身位、有品位的人。如果用当时最简洁明了的表达，就是充满了小资产阶级情调的这么一些女士。她们那天的一个重要任务就是前往康家祝寿。这些女宾带着大的小的口袋走出家门，穿过大街、小巷。天还寒冷，她们看到行走中的人们的服饰，不是蓝色、灰色，就是黑色，如同这冬日有些晦暗的调子。当然，她们的穿着也一样，那年头的正常色就是如此。

她们走到康家东西十条何家口的大宅院门前，停下了。胡同里往来的人不多，有些清冷。这也好，她们手脚敏捷地打开袋子，把里边的旗袍、纱巾、高跟鞋和胭脂、口红、粉霜取出，开始了迅速的化妆。这些已经沉睡多时的生活用品，因为康同璧的生日，开始复活。身材被这些清丽的、艳丽的旗袍映衬着，让人看到了青春、鲜活、高贵，尤其在当时更见出稀罕。她们相互瞧瞧，分外满意，有一人上前，叩动了康家的门环。可以想见，这一天的主宾会如何地开怀。这个大院里，高跟鞋笃笃笃的醉人声响，配合着旗袍的摆幅，唇红齿白，神采飞扬。加上都是声气相投者，有着共通的审美趣味——在大环境不可能的条件下，在小环境里成了可能，说起来真有一些探险的快感。

只能说，内心所向往的那些优雅，尽管革命的浪潮汹汹而来，横扫一空，连服饰都在约束之中，但是那种骨子里所具有的某些喜爱、习惯、癖性，因为深到骨子里，无从抠去、刬去，逢到机会，就又会心机跃动，不能平息。

如果没有机会，你真的不知道日常生活中一个人的向往，她们低眉敛目，对于苦痛，含着、咽着，不使流露出来，生毕竟为人之首要，也就顺应潮流，藏起那些不可为人道的屑小的优雅。

以前读张洁的文字，觉得有一篇的题目起得特别隐忍——爱是不能忘记的。

只不过，藏得深了，平素看不出来。

有一次，张伯驹到朋友家，朋友让张看了家中所藏。张是收藏大家，所见尤多，自然水波不兴。当看到书房里收藏的古琴、古筝、箫、排箫这些乐器时，张伯驹还是吃惊了，问他家中何人通晓声律。其实，家中无人通晓，主人把这些乐器买回来纯属不忍——当时的古董店里，这些可以弹拨和吹奏出优雅之音的器物，正和一些杂物堆在一起，蓬头垢面。他把它们都买了下来，擦拭清楚，排列起来，明朗的光线使它们熠熠地发出光泽。如果从这件事看主人心境，似乎主人是个有钱有闲之人，心情好得很，才会关注到这些自己全然陌生的老旧乐器。其实这个主人当时正处于命途、仕途的错舛之中，友朋四散，形影相吊，却在路过古董店时不经意地朝里瞥了一下，就不能放手。它们成了这个家的一部分，也就在一闪念之中。家中无人抚琴吹箫，使物不能尽其用，但是每日看着，感受着其中的古意古韵，还是让人暗暗怡悦，淡化了一天的愁烦。每个人的日常中总是倾向于实用，人是务实的，帮人建房、拉货，都因为能获得实效而保持生存的继续。没有谁可以脱离这样的实际，是它构成了我们日常重要的成分。而余下的不实际、不实用的空间究竟有多少，那就看每一个人的情调了。或许是很少的凌空蹈虚的浪漫，挤入到和实用脱离的缝隙里，它们不创造具体的财富，也不解决世道人情上的繁杂问题，只是作为实用的对立面留存下来。显然，它们归属虚幻、远方这些范围，是小众的、隐私的，是个人情意、趣好方面的，说不清为何要如此，却做去了，使庸常的时日有一些松弛、散漫，不那么死硬、结实。譬如储安平从西湖畔装了一袋桃花寄给在北平的徐志摩，务实的人知道了觉得莫名其妙，是非现实的生活状态，而另一些人却引而申之，以为非超逸之人不能如此，它拓宽了我们感官世界的空间，觉得没有比寄桃花这一举动更浪漫的，灼灼桃花，单薄欲透，让人想起水汪汪的江南，烟雨芳草，小桥幽巷，黛瓦粉墙，都是诗意。天下邮件千千万万，储安平这一寄，多年过去还让人乐道不竭。我的猜度是，俗常生存的沉重、重复、无趣，是很需要有一些灵动鲜活的非正常态来补充的，说起来不实用，却又得倚仗。

　　古琴名家管平湖去世之后，他手斫的一张琴"大扁儿"在学生王迪手中。忽一日一位青年琴手来访，王迪便让他在"大扁儿"身上试手。古琴都是以木为本，都是人斫的，说起来是相同的。但具体到何人斫、何人抚过，这张琴就显出差异了。对于一名青年琴手来说，能够触及并得以弹拨，在他有感知的精神生活里，意味着什么。我想这是一个很隐秘的问题，足够他长久品呷，心弦颤动却无从说明白。

　　赵萝蕤在她的自述中谈到自己自七七事变之后一直是失业的，计有八年之久。那时的教授工资不及保姆，她这八年也就成了家庭主妇，从大家闺秀到熟练炊爨的主妇。日子实在得要命，精通外国文学的教授也必须学会讨价还价，使谋生本领逐渐具备起来，使肚子不至于饿着。肚子就像林语堂说的："凡是动物便有一个叫作肚子的无底洞。这个无底洞曾影响了我们整个的文明。"人的实用总是先基于此，不论学识高下。有一个细节把赵萝蕤失业状态下的精神显露无遗——"但我终究是个读书人。我在烧菜时，腿上放着一本狄更斯。"虽然不是电影中的片段，但阅读这段文字还是让我眼前浮现出那个真实的场景。寻常人和不寻常人的差别，有时就是在烧菜时区别了出来——很自然的、不经意的又意味深长的。在这个动作的背后，有过多少累积、浸润、滋养？赵萝蕤曾列出对她学业有过传授的师长，国内的、国际的，真是灿若星辰。有一个例子我一直觉得近乎童话，却真是如此——赵大学毕业时只有二十岁，父亲说怎么办呢，清华大学就在隔壁，去考那里的外国文学研究生吧。考试就三门，英语得了一百分，法语刚好及格，德语未曾接触，吃了零分。吴宓先生认为可以，入学后再补德语。于是就录取了。这样的时光不会再有了，且天下又几人吴宓。成为师生也是要有缘分的——就如我几次发现应考中的才俊，可就是外语达不到要求。

是这些人以自己的辉光照彻他们的学生，这样的教养终了和腿上的那本狄更斯，是一种必然。

吕纯离开这个世界有两年了。估计认识她的人想起她，就会想起她娇小细瘦身体上的服饰的色彩。只要走出家门，她永远都是把自己打理得清清楚楚，这一点是绝不含糊的，这大概是她应对外边世界的一种方式，成为日常。她宁可起早一点，从容地化化妆，配搭衣裳。她说她有一千件衣裳，如果善于计算，可以算出配搭出多少花样，每日身上不重复。这点有点像宋美龄，极少有人能看到她的素颜，还有松松垮垮的样子。一个人对于美的倚重、珍视，和她的声名、地位无干，全然是内心的一种倾向，如此为则开心，不如此为则心有不甘。因为有把握把它做细致了，时间多花上一点也没什么，然后不留造作痕迹地走出去，到单位忙碌。生活的态度千万种，到了现在，衣饰、装扮都可以依从自己的审美意识，那么，每人各自选去。吕纯的办公室更像一个闺秀居室，有一个冰箱，里边是饮品、水果，用来招待合意的客人，从陈设、摆件来判断，驱赶了办公室的行政气味，是柔美和婉转的那一种指向，人进来

放松了，而非紧张了。那时她任文学院院长，常有艺文爱好者过来找
她，她们在这样的环境下说话，会随意和活泼一些。有一次她让我坐
下，她出去处理一些事情，说这里的东西我都可以翻翻看看。我看了一
叠她写的散文，是用手抄写在三百格稿纸上的，字如古人说的，是算子
字，说不上艺术性，个个工整。特别是卷面毫无涂抹，清雅之至。记得
她曾说卷面出现三个写错的字就撕去重抄——这个标准也是当年茅盾先
生自己约定的。一个人在这方面有洁癖，也就会贯穿在她许多的行
为里。

　　吕纯曾说办公室的这个情调，有关方面检查时以为不妥，要求改回
去。我后来去了几次，似乎还是老样子——一个人的脾性如此，有时就
很难扭转，实在顶不住了才敷衍一下，可没多久，又故态复萌。吕纯的
愿望是退休后开一个小店，卖点老旧杂项，同时还有看书的空间，还有
茶案，可以慢悠悠地品着肉桂，或者水仙老枞。她早早就注意到收藏，
看上眼就买了下来，积少成多。这个愿望在退休后实现了，在古老的坊
巷里，老树的浓荫匝地，内河流水潺潺，空寂时想起这个坊巷过往的人
事，和店内这些闪动旧日辉光的器物何等契合。如果一位文士浸润于自
己的艺之好而持守下去，那会再好不过。我一直觉得清人金圣叹说的
是文士的一种境界："饱暖无事，又值心闲，不免伸纸弄笔，寻个题目，
写出自家许多锦心绣口。"如果吕纯侧重于此，她的优雅不会戛然而止。
她努力工作而透支的那一部分一直在扩大，以至瓦解了她优雅的继续。

　　她退休后说了许多话，有一句我记住了："秋风来时，就是最高处
的那片树叶，也要被吹落在地。"那时，正是晚秋。

　　我开着车行驶时，有时会闪过身体娇小而服饰配搭协调的女士，恍
惚之间，我以为是吕纯了。

　　这些年置一方书案，摆上文房四宝习练书法的人家多了起来。究其
缘由，趋尚都是时运使然，少有独至之性、旁出之情，与古人是截然不

同的。这时理应去学点别的，不必好书法这一口。时之所轻者，我必所重，反过来也是如此，不必和俗常人一般趋之若鹜，还是把自己那一摊守好。有人来谈书法，流露出羡慕——当很多人此时才开始执笔而学时，我已经是书法教授了，他们认为我真是赶上好时光，好像我走狗屎运了。我只是笑笑，觉得没什么好辩白的。毕竟是自己的喜好，与时运、他人无干。

想想自己在许多方向都有变化，但是像古人那般执一杆羊毫写字，这个姿势还是保持了下来，我感觉到了以不变应万变还是有其道理，会让自己专注得多，也单纯得多，譬如，一个人就几十年地关注书法语言的魅力、结构形式、内在意蕴以及提供给精神世界的美感这些问题。沉浸其中，就足够了。

其实，我的执笔书写态在当年当农民、当民工这么艰苦的时段里能不放弃，是因为我内心十分清楚，这肯定是此生不能放下的一件事，或者只是这么一个动作。

时代在我上大学的时候变得快起来了。快的到来最明显的就是改变了一些动作，标志着我们有感的生活中，一些动作将消失，一些未曾有过的即将出现，不论雅与俗，都得面对。总是有一些人跟上了时光的节奏，越来越快，觉得没有什么不适应。而另一些人则跟不上，被曾经的那些习惯绊住了，拖泥带水地挂在原有生活的链条上。不说远得很的唐、宋，而是靠近的民国，我觉得和这些文士相近——总是有些镜头是如此怀旧，穿丝绸的女子一脸愁容，给在远方的男人写信；得了肺病的书生低声地咳，手却不停地写，要把一本书赶出来。写，这个动作贯穿在他们的日常里，自知不谙世事、不察人情，也就不常在广众之中，倒是小楼一躲，继续写去。有机会的话我衡一个人的雅俗就看笔迹，他写出来了，存于纸上，不会如烟水那般散去，我就从字相获得一些信息，毕竟他写下来了，不管当时有意识还是无意识，字迹总会照亮那些隐藏的部分。这样我就看到了一个人字迹背后的矫饰、怯意或者信手、散漫。而对于字迹的雅俗，则源于内心所感，它是隐藏于字相之下的，那么，我就要有能力钩沉而起。我想，这就是写字和看字的乐趣。尤其，我带的这么多学生，没有一个是相同的，笔下也就差异太多，这种差异之写的丰富性被我体验，我觉得这是我这个职业带给我的福利。

　　我每一篇手写的文章发表了，都会寄一份到老家给母亲。母亲有时翻翻，有时也不翻，但都一本本地叠了起来，每年都增长它们的高度。有一年教会来找我父母，说新的教堂即将完工，希望我能给教堂写六个字作为殿堂名字，父亲一口答应，让我快快写来，他们送到教堂去。一些年过去了，父母也故去了，偶尔路过这个教堂，上头的书法已经红漆斑驳，色调参差。里边还在传道、祈祷，唱赞美诗，却不愿意弄个梯子爬上去，把那六个字重新油漆一新。总是把书写这个动作视为简单。每年清明扫墓时，我都要重新将墓碑上的刻字上一道红漆，最早的长辈的墓碑，还是我几十年前写的，我一笔一画地填上，还原我青年时的动作——每个时期的动作都有它的审美价值。

　　在母亲眼里，我最后当了一个教人写字的教授，全然是主的恩典——对于虔诚信奉的人来说，她们对人的某些成功，不会认为是人的作用，而是归荣耀于神。母亲忽略了我对于写字这个动作的喜爱，我觉得这是自己的隐秘快乐，也就没有告诉她，她也无法想象我是如何地热爱于写。如果一个人不想在场面上风光，不想和这个世界有太多的纠葛，我还是赞成他去写写字，读写字这个专业。能坐下来写就好办了，许多事情可以得到实现。以前，我以为书房里的精神自由度是比外面世界高得多的，一个人在这个不大的空间里培养自己的脾性，好的，或者不好的。虚构往往是书房中人的拿手好戏，神游无端，纵横幻境，又可细微至一笔一画矩矱准绳。如果一个人没有长久时日的书房生活，那么要固定一种习惯、一个动作，都不会实现。书房的幽静气氛是我后来发现的，除了自己，罕有人进入书房，即便有人提出要看看，我大多是不太情愿的，他们可以到地下小展厅看看我的许多作品，可以到后院去看看秋花满庭，它们都有着等待客人欣赏的准备。可是书房从来没有这个准备，因为没啥好看。书房让你孤独穿行，和那些死去的人打交道，琢磨他们的笔下之路如何过了奈何桥，尤其在晚间，一个人恍惚中，会看到这些已经过往的人，五官不全，只是一个轮廓。我想，这都是迷醉于写字造成的。

想想我外公是一个厨师，祖父则是一个小商人，靠印染谋生，没有什么艺术素养，也没有什么字迹留下来，直到父亲母亲这一代，才写个不停。母亲晚年一直用楷书抄《圣经》，直到神志不清不能动笔才罢手。父亲也是写个不停，废纸堆积作品也堆积，虽不似文徵明那般在写字中去世，至少去世前的几天也还是没有放下毛笔。我们大概都以此为雅，藉此使生活有一些乐趣，因此上升为日常化的自觉——有时坐着，随手抽一张纸，就想写什么，旁人面面相觑，不知我所做为何。

塞弗尔物晚年说："生活中毕竟有一些我们喜爱的事物是能够用我们的双手和心灵把它们保存下来的。"

他说得很对。不管什么时候，都会有那么一些人，那么一些表达出现。

栖息的树

院子后面是一座小山，林木葱郁，竞相轩邈。总是到了余晖斜照时，林子里闹腾起来。有时兴起，用望远镜看去，这些品类不同的树木各呈其形、各尽其神，归巢的鸟雀相继到来。又是一年仲春了，一座山的生机被不同层次的色泽、不同高低的摇曳烘托而起。鸣叫声从枝叶里传出，有的枝条上都是鸟雀，使枝条动弹不已，有的树上鸟显得稀少，还有的树则在缄默中兀立，等待飞来者栖息，直到我眼前一片迷蒙。

孔子曾经认为，飞鸟是可以选择栖息之树的，可是树却无法选择飞鸟。

移动的鸟雀和固定的树，选择和被选择的关系，这些问题真要去想，没有边际。

我把南方城市的共性归为树木繁多。有宅院的人家，会腾出一些空间来种几棵树。种树在南方算得上是事半功倍的行为，种下，雨水就来了，土地潮湿，养分充足，不须太多时日就绿荫伸张了。每次从外地回来，才三五天，感觉多变的总是草木，不是绿的层次变了，就是绿的密度大了，生长的力量总是突突地向上。而如果在有百年历史的大学工作，除了感受文气氤氲之外，林木的古老，也洋溢出许多拙朴厚重的韵致，煌煌上庠理应如此。一个人在此读了几年书，或者进修、培训一段时间，不论时日短长，都会把它和校外的空间区别出来，觉出差异。很多年后，重回老校园，有一些树已经不见了，新的建设导致了它们的消失，某种气氛也就随之不再。新校区要比老校区广大，但不深邃有味，时间才刚刚开始，尤其是对很多树来说，从别处来，进入这个陌生空间的土地里，尚不知适宜与否，只能等待。树的生长是不急人所急的，它在不动声色中适应，然后生长或死亡。生命荣枯可以在枝条上显示端倪，但要长到老校园那般气象，很多人是等不到的。人们有时就是凭借一些非正规片段寻找自己的过往。一些树不在了，一些过往真的就过往了。就算一棵树不消失，被砍掉枝干捆绑到另一个地方种下，它重新的生长态也全然是一种古怪气味。回老家后，去我小时候经常出没的一个公园里，见到那棵古榕还完好无损，它粗大的树干上有好几个凸出的筋节，正好合我那时攀爬的手脚分寸，当时手脚并用踩准了，很快就上到树里。一个人少年时代的许多玩意儿，当时珍爱之至，却抵不过时间推搡，掉得一干二净，但因为有一棵古树的坚固牢靠，使我还能有这么一件实在之物，使记忆清晰地保存住了。

每次外出，当地人都会带我看几处典型景致。如果有古树，也就含有这个节目。古树是村落的旗帜——一棵树长到这么大，如同祖先那般苍老，不吭声也受到景仰。围绕一棵树的故事历来就多，从中也逐代添加了一些后人的理解，有道理的没道理的，讲出来都没人反驳，只是听去。大凡古树，树洞就特别大，储存的一村人的秘密就特别多。每个人也觉得将秘密储存在树洞里，比烂在自己肚子里清洁得多。而今，古树的寂寞如同村子的寂寞，没有什么秘密可以储存了，人们到远方去，把秘密也带走了，反倒是一些外乡人，慕名一棵古树，从远处来，指望能读懂它的沧桑。往往在近观之后，我会走得远一些，从远处看它的全貌——南方的妩媚往往是缘于一些如同古树这般的骨感突兀，使妩媚不至于坠入俗格了。一棵被称为古的树，无论如何看也是无法被谄媚为"好看"的，但比较起来，人们还是会欣赏它此时已遭受摧残的容颜。

一个人的精神如果若此，就不必担心为万物所挠败了。超常物的出现，大抵内含奇倔兀傲的硬气，它往往与冠盖的柔和青绿表里不一，就像一位江南文士眉清目秀衣袂飘飘，实则有绵里藏针之美。

这也使人们看重一棵有年份的树时，如同尊敬人瑞一般。在我印象里，有一位百岁老人不痴不呆，还能挥毫纵横于纸上，这是何等地让人惊奇。拍卖行甚至特别地进行了注释——能拍到百岁老人的墨迹，悬挂于厅堂，不是福气又是什么。这样的表白自然可以认同，与他同时代的人都先他而去了，甚至后他时代的人也有早他去了的。他以前是把笔慢慢写，现在却是快快写了。他说的话都被认可，没有谁与之商榷，他落款常有"百岁老人"的字样，明显就是专利了。他后来和人说得最多的是养生，他对此实则没太大兴致，因为一生坎坷，可是兴趣于此话题的人太多了，经不住问询，只好重复说去。

这也是一棵老树和一位老人差异最大的地方，老树永远是静默的，尽管它比任何一个人的存在不知长久多少。

以树来衬托人的力量和智慧，《水浒》表达了这么一层意思。走进聚义厅之前的英雄，在江湖上都是有一些义举或壮举的，以此传于市井。鲁智深是很突出的一个，除了打镇关西、闹五台山、野猪林，还拿一棵垂杨柳使性："走到树前，把直裰脱了，用右手向下，把身倒缴着，却把左手拔往上截，把腰只一趁，将那株绿杨树带根拔起。"鲁智深此举当然是做给那帮泼皮看的，为了这，把好端端的一棵树给毁了。后来护送林冲到沧州，告别时为了镇住董超、薛霸，依旧使性于一棵树："抡起禅杖，把松树只一下，打的树有二寸深痕，齐齐折了。"树何辜？只能说，这样的举止是有深意的，用一种生命的破坏，来警示另一种生命。面对强大的力量，一棵树是不足道的，而力量却由此起到了很有效的作用。如此说，毁一棵垂杨柳，鲁智深莽汉的形象就建立起来了。接下来是攻打祝家庄，白杨树则上升为智慧的标志："但有白杨树的转弯，便是活路，没那树时，都是死路，如有别的树木转弯，也不是活路。"把智慧寄托于不动声色的树上，如果不能破解智慧的玄妙，就只好困在那里了，一棵树可以成为智慧的载体，树里深藏秘密，让人觉得一棵树有烟火气寻常相，却想不到被寄寓形而上的冥想和切合实际的奇思——如果不是那老人道破玄机，谁也不知晓一棵白杨的分量。

人向来擅用物喻，推出一种物，表达一种想法，或者象征一种格调、境界。在我们记忆的储存间里，都会储存不少树名，连同它们的姿容，明人江盈科说："桃、梅、李、杏，望其华便知其树。"没有可以替代的，有时用喻，也就是说树了。《世说新语》里庾子嵩赞和峤："森森如千丈松，虽磊砢有节目，施之大厦，有栋梁之用。"如此以树喻人，真把一个人说尽。

我在后院算起来也种了不少树了，一些活了，一些死了，不是我的问题，是树自身的问题。有些树是有用的，龙眼、柚子、柠檬都已得到真切的品尝。有的树是无用的，至少对我来说是这样。我说的是海南黄花梨——这当然是民间俗称，植物学家则称"降香黄檀"。真要用它做一个像样的器物，没有一个百年免谈。像丝绸那般光滑的日子已经让人觉得太快了，滑过去无声无息，但要等待一百年，又无从去等。我种这棵海黄纯乎用来看的。古文士看到铁干虬枝的古柏时，会浮动奇诡苍凉、峥嵘突兀的点画，常看常思，遂注入腕下笔底。这棵海黄太年轻了，枝叶上下都是清雅俊逸之韵。毕竟是名贵树种，枝条挺拔光洁，伸长中清畅不梗。叶片沿枝条左右对称张开，像极了大型的含羞草。风来了，若行于水上，涟漪漾起。有的树就是要让人等不到，死了用它的心，不能把它做成这个或者那个。所谓无用就是这样。玩物可以适情，一个人偶然和一棵无用的树相遇，把它从山区刨出来，用汽车载回家，种下。我想，这也许是为我偏于感性的情调设计的，每个人都会有自己的情调和审美的故乡，很实在的很虚灵的，很有用的很无用的，总是会在观赏这棵海黄时流露出莫名其妙的热情，或者做一些不着边际的牵扯。

我想，对于一个想做单纯文士的人来说，无用就是大用了。

一个城市的变化，人通常是以高楼拔地、道途通畅来言说的，忽略了置身于这些坚硬与坚硬之间的树木，它们新旧相杂，高低错落，积极地填充着城市视觉的饥荒。人们对一棵树不会有太多的依恋和期待，以为它就是一个理所当然的存在，或者消失。只有无意中把静止的树和飞动的鸟联系起来的人，会觉得哲理在其中。那么，延伸去想，并动笔把它写下来，也是很有意思的。

我在夏日的时光里

　　清晨到户外小跑，回来已是全身淋漓。在南方的苍穹下，这个季节永远是让人言说不休的。热——这个夏日最鲜明的特征，挑战了人身体的承受力，让人在口头表达时，都以感叹的口吻端出，听的人则一致附和，甚至进一步夸张，似乎不如此不足以言说夏日。如果有知，会发觉夏日也大大地侵入了秋日的份额，替代了本该秋凉的那一部分。这也使人们对夏日印象尤深，似乎都受到侵害，又无可奈何地继续下去。可是，如果夏日宛若秋凉、冬寒，人的不安又更甚一筹，以为天道真出现什么问题了。那么，还是热吧。

　　夏日去看一个展览，本来转一圈就可以回家，是展厅的空调挽留了我，在徜徉中慢慢把玩，尽管无甚可观，皮肤却舒适起来了。书法为人所重，想当书法家的人就多，文房四宝店多了购买的人群，不多久，作品便出现在展厅里了。有人引我到作品前，问我如何，我还是惯常地送他"不错、不错"。说这四个字真的没经过大脑，因为是中性词，作一个廉价的赠予。对方执意要我说真话，我只好直说——火气怎么那么大。如果出自二三十岁青年之手，我是绝不会如此说的，此时正是火气时光，笔下粗糙躁动也属自然。但一位五六十岁的人笔下如此，只能说毫无磨洗修炼，肯定不是行于正常辙轨。火气、躁气、市井气、头巾气、馋馅气、脂粉气、台阁气都是此生要摒弃的，而修成书卷气、金石气、恬淡气、优雅气则是一种幸运。一个人的用笔、结构有了问题，用功夫调节了就向好，而诸如火气这般气息，深入一个人的骨子里，填塞在他情性的缝隙里，就不是几年可以清洗得了，也许是几十个夏日的煎熬，才迎来脱胎换骨时。

　　总是需要有比较长久的成长史——我说的是精神的成长史。就像夏日不是突兀而至，而是沉潜在春日内部很久了，以至迸发时有不可阻挡的热量。前一段和人谈张伯驹，他被人津津乐道的就是民国四公子之一、鉴藏家、词人，还有与潘素的一些风流韵事。但他的精神史是如何成长的、形成的，只能是在无声处、看不见之处渐渐积累，艰难挣扎、缓慢推进。无从与人说，世说也不以此为谈资。戏说往往使人开怀，浅率合于疾行中的人生趣味。如果一个文士都是以戏说存在的，那么可以断定他的精神成长已被遮蔽，戏说中的这个人实则早不是他了。徐渭给书坛中人的印象就是一个"狂"字，很多举止可以狂喻之。如果有一定的阅读能力，又乐意坐下来读他的《四声猿》和一批诗文，就可以从狂的这件外衣撕开一道口子，看到一个不狂的人。一个人不断地成长，会更清醒地重视自身那些敦厚的、庄重的、深沉的部分，这部分支持了他被历史所检验——只能说，关注一个人、一件事中不可戏说的部分，才是正途。

　　如四季嬗替无端一样，一个人的趣好最好是有持续性，随人之生长而延伸，否则，有些体验只能戛然而止。淮南王刘安曾认为不要与夏虫谈论冰雪的寒冷，它们还未到秋日就一命呜呼了；也不要与蜉蝣畅谈月色有多美，它们在暮色合拢时就已寿终。不能持续、循环，也就毫无体验或体验浮浅，真是遗憾。人只能在有限的存在中坚守持续，试图在其间有一些小收获、小喜欢。荀子说："吾尝终日而思矣。"就如一位文士持续于写，成为了一种自觉，便萌生了一些自信的骨头，经得起敲打。这些有持续癖好的人只是专注于某一个方向，而对于世道人情好像都显示出翳而不明的状态，如鱼得水般的活络对他们来说永远那么遥远，却也不妨碍他们做自己的，还做出个性来了。

有时候我出外时会遇到一位有考据癖的文士，那时他正在考据朱熹的行踪，他看到我时，我就跑不掉了。他不管我愿意不愿意，有事没有事，打个招呼后就展开新近的一些见解，觉得有与我分享的必要。他的语速很快，还是要说上一点时间。我也就站着听，跟着思考，尽管我陌生、无所知，但我肯学习的热情还是使我平静了下来，努力进入他论说的这个世界。我记得那是一个夏日的黄昏，他灌输给我一堆史料有着夏日一般的热量，也许日后于我有用，也许全然无用。但有一点我对自己还是比较满意，那就是站着听完他的论说，这也使他内心同样能感受到夏日的温度。

对待夏日高温的最佳做法就是打开空调，让冷气驱逐热浪。科技的进步使人有了在夏日享受清凉的福利——做到心静自然凉的人没有几个，这个说法是说境界和格调，而不是皮肤。皮肤是最为准确的温度计，温度根据皮肤的需求而调整。不过，冷气是有局限性的，在密封的大楼、室内可以操作，对于更广大的空间则徒唤奈何——马路、街巷、建筑工地、田园山野，没有谁能让这些地方清凉下来，这也使一些人上班、下班，在进进出出中必须反复体验温度的差异。如果提供人们考察生存一个简单的方法，那就是在赤日之夏，你在何处谋生，你的皮肤此时的感受如何。用这样的追问细察人与现实的关系——一个人在夏日里不被暴晒，也可以说明一些问题。我乐意拿自己和夏日的关系来说道——从前是整个夏日都在田野中度过的，充分享用了夏日的慷慨；后来穿上工作服，背着油腻的工具包，也还是在户外爬上爬下，检修总是没有尽头的；再后来就是室内安坐享用清凉，写点文字，或者不写，想想。这几句话把我的大半生恚然而过，浓缩下来。我想每个人都会以不同的经历见证越发热乎的盛夏。

　　研究生的画室里总是有人把温度调到适宜自己的那个数字上。另一个女生觉得过了，便打开自己身后的窗户，把热气引了进来，冷热互激互混，时高时低。如果一个画室七八个人，就没有一个温度可以让诸位满意——每个人的皮肤此时充分地显示了敏感，感受的差异虽不大，也难以调和。除非有一个自己的画室，自作主宰，那就可以顺顺当当地调到契合的那个点上。皮肤就是一架感应器，和人的情性联缀一起，皮肤舒服了，情性也更纵横无碍。每个人对温度的反应，看起来是很琐屑的，背后却是一个人隐忍、应对、认知等的流露。这个让人滴下汗珠的季节里，人的灵活性也相对伸展出来。大型商场里清洁明快，总是可以看到闲散老者们的身影——这些商场周边的邻居们，此时并不想和商场构成买卖关系，而是想有所借助——冷气是看不到的，也就不必掏钱，身心双重舒适。他们走走、停停，开心地说笑，让时间慢慢过去。

　　如果不是夏日，我们看到的、想到的，不会这么多。

　　有一次夏丏尊静等弘一用餐，见饭碗旁只一碟咸菜。弘一食毕，倒了点白开水过过碗，喝下。夏丏尊的问题是：咸菜不是太咸了吗？白开水不是太淡了吗？弘一平和地说：咸有咸的味道，淡有淡的味道。

　　哲理都有通用的意义。不妨说：夏日有夏日的味道。

横无际涯

　　毕业季已经不远了。我坐下来想的时间越来越长了——这批研究生的毕业论文究竟是什么问题，总是要想好了再动笔写个意见。教授不是超人，但此时得把自己当超人用了。学生想法千万，笔下也就万千，论文取材宽泛无边，朝代远的、本事偏的，或论一个家族文化，或钩沉一批文士交游；或作年谱，或做考证；有的想去解开一个死结，有的就做翻案文章，无有同者。如今一人一本，都到案头上来。一位教授熟悉的也就是自己研究的那些方面，更多的并不熟悉，甚至知之甚少。那么，凭什么来对这些头绪驳杂的文字提出见解，表明自己的褒贬倾向——很多问题都需要通过想而有结论。想是耗时间的一种形式，人坐着，时间过着，反复再三地想，时日却朝前走过，不再回来。凭什么让一个人承担这个不轻松的任务？只能说，看在几十年教师生涯这个过程上。这个过程具备了无可置疑的资质，连同感觉、想象、联想这些看不见的活动，都被认为是可靠的。

　　在很多我不喜欢的事情里，给人看文章是其中之一。有这个时间不如自己动动笔，或者自己去想，沿着自己的路子，远远近近想去。每一个人都有自己的想法，一种想法出现，学生未必错，老师未必对，只是各自感觉不同。本来每个人都应该各行其是，现在我却要用自己的想法来断其正误。学生信任老师，以为为师的能给他多少点拨，却没有想到，在我阅读的过程中，我想的都是：如果我来写，真不是这个思路。

实际上，最后的那一段评语就是为师的那时突然冒出来的一点感受，在先前一阵蓬蓬然若太虚浮云般游走莫有常态之后，此时浓缩为不会太多的一些字句，固定下来。如果过一个月再细读推敲，可能恍惚而来的又是另一种想法，评语又是另一个模样。文章往往是如此，读不胜读，想不胜想，如果再细致到每一个字、每一个词，那这个人就困在其间出不来了。文士易老，就是想得多了，最后还是要了断，不能没完没了。

了断的背后，是这个老师曾经的很多经历的积储。

尤其时下，真没有那么多时间来纠缠。

书法竞赛的时候，每一件作品都要断出一个分数，数字是不朦胧的、不模棱两可的，有初级算术水准的人一见数字则可知谁高谁低。当时我们几个评委坐着，看着排队的选手拿着自己的作品，逐一展开在我们面前，每个评委飞快地写下一个数字，几个评委的分数平均，就是选手的得分了。选手如此之多，时间如此之短，几乎在目击作品的瞬间，思绪电光石火般一闪，数字就出来了，不再动了。一个人处于快速的时代，只能如此，你不能说——让我细细琢磨一个上午。真这样，只能回到以前的时光里。认知合于时，不管想法有多么大差异的人，也应该如此。因此像清人王铎那样的书写态是很应于此时的，捷如风雨，涌若涛澜，动作之大把观者都吸引过去了。如果把唐人虞伯施的作品拿出来，就没什么现场感，没什么可看，更没什么可想，尽管也有典范之称，还是人人散去。一眼千年——看人看物常会有这样的感受，就像人之于水果，一听到水果的名字就会表达自己的理解：有人嗜榴梿，有的就避之不及；有的正抱着芒果啃，满嘴金黄汁液，有人却开始过敏。人的感觉本身就是不必相同的，由于不同而各有认知，帮助自己建立起表达的自适。

一个老师手上有一大把的分数，如何给分，就可以追问。记得有位女生拿着她的试卷来，她问的问题是很有挑战性的——为什么她得八十九分，她的同桌九十分，虽一分之差，却使她们分隔成优秀和良好两个档次。是啊，这一分之差差在哪里，就没有可能提高一点吗？我只能告诉她，当时批改时的感觉就是这个分数，而不可能是其他任何的分数。每一次改卷都是有神性的因素存在的，因为每一份试卷都是生命的物化形式，虽然无声，置于案头，却都内蕴充沛等待开启。每一次都要坚持找一块合适的时间，而空间则是自己那间静谧的书房，心理上开始清洁了，觉得无所挂碍了，那么，开始。总是会一鼓作气地批阅，每一份试卷在平和的感觉下过去。有的是片刻就可以定音的，有的则反复再三，心里温热起来，由弱到强，然后落笔，分数确定。人的感觉就是如此，真要落下，就一刹那。

如果问分数差异的理由，真没有什么好说的，只能这样。

电视剧《人世间》播放时，才看开头，颜色就大哭起来。几十年前她和剧里那些小青年一样，有过背井离乡的遭遇。其实她可以不去的，顶上有个大哥，本应该扛着。居委会领导几次来家里动员，就是冲着她大哥的。大哥总是一副无赖的神情，不愿意离开这个古城，不愿离开这两间漏雨的老房子。装睡的人永远都叫不醒，当时每个城市都有不少这样的人——既然到哪里都前程渺茫，那还是呆在出生长大的地方。后来是颜色自己去报名了，到远方去——她究竟怎么想，父母也不知道。当然，很多年以后她又回到这个已经陌生的古城，已经没有她的位置了，连漏雨的房子也没她的份了。只好从头开始，倒卖服装，开小吃店，办托管班，给私人公司做饭，都谈不上成功，只够糊口。颜色是十五岁那年去当知青的，那个年龄按规定是坐在教室里读书的。直到五十岁她才透露了远走的秘密——因为贪恋于火车，为了能坐上这列绿色长龙的渴望。这趟火车一开动，她的人生就被改变了。火车开了很久，窗外许多景致快速掠过，耳际全是哐当哐当的声响。这趟火车把她送到目的地后，很快又返回了，而她要随火车返回，则是很多年以后的事了。

那些没有如她这般突发奇想的女生，后来完成了学业，有的后来还考上了大学，现在退休了，拿一份安稳的工资，有兴趣的话出去开开讲座、参加一些活动，还有一些收入。她们的晚景闲了下来，在这个古城，不少时间她们都在闲适地喝着工夫茶，不似她仍忙碌不已。

一个无法压制下来的念头，使她和她们在后来的生存中，差异大了起来。

她们和她最大的差别在于——她们第一次坐火车的时间，的确比她迟了很多年。

夤夜风起或雨来，便觉门窗外都是自然之响，有一些触动自天外来，是可以入文入书的那种，奇妙非白日可寻，便躺着，在黑暗中记住了。第二天花了很多工夫找寻，已如鸿鹄之鸣入于寥廓，便惆怅起来。文士珍惜刹那掠过的光芒，不知何来，不知所往，如果不随手用文字固定下来，往往不知所终。这和家中某些实物不见，是不一样的，它们如浮云，似烟岚，淡然尘外。而实物之实，总是不会被消化的。我只能等下一个风雨之夜，看能否再现这个契机，使远走的那些锦绣重新浮现。一个无志于冠冕、有志于艺文的人，除了寒暑无间地尽笔墨之劳，使自己具备笃实的功夫，也还是会对实在以外的灵虚充满向往，祈盼其悄无声息地到来。这也使我书案上的宣纸终日都是摊开的，毛笔都是湿润的，随时都可挥运。我是相信有突如其来的灵异之功的，没有缘由，缺少逻辑，不按秩序，一时涌到指腕之间。于是掣笔横纵，点线交织，墨气氤氲里，神奇力量正助笔锋畅快使转，停不下来。很快，激情倏尔消失了，又回复寻常时日的琐屑和寡淡里。再看这幅墨迹，的确是精彩。比平素用心去经营好得远，尤其是神气，如百琲明珠由一金线贯穿起来。

清人金圣叹有一个说法："题目是作书第一件事，只要题目好，便书也作得好。"这和我所想的正是相反。常常在没有题目时就开始动笔了，就如《廊桥遗梦》中的罗伯特·金凯，"从他在俄亥俄一个小镇上成长起来的孩提时代，他就有这种漫无边际的思想"。这种"远游客"的想法，只是使人有一个大致的方向，却没有确定目标，走到不想走了，就停下来，想想给这段文笔之旅取个什么题目。题目不同于通篇文字，通篇可以挥洒得汗漫张扬不加羁勒，真如公牛闯入瓷器店，弄得都是声响。百川归海，还是需要一个题目，就如人生再草草，也需要有一个让人叫唤的名字。题目是通篇的浓缩，寥寥数字而已。世上事敷陈容易概括艰难，甚至最后就连题目也免了。李义山的诗很多人喜欢，有的是真喜欢，有的是附庸；有的人说读懂了，有的人则表明没读懂。我就是属于没有读懂的人群中的一个——一个朝代的诗那么多，有的如同大白话，是没有什么隐私可揭秘的；有的则让人永远都存疑，无法洞穿。耽延于此的人成了专门家，有了著述，但我还是怀疑他们琢磨出来的未必是李义山的真实意思——一个人都无法给自己的诗一个接近的题目，只好叫《无题》。千百年后的人如何能理清楚？不过是著者一己私见罢了。李义山这样的人就是一个猜不透的存在，让人费猜想。所谓的无端就是这样，无边无际，弥漫发散，如晨雾过往不可一掬，那些幽怨凄迷的感伤总是在阅读时悄悄漫了上来——《无题》就是最好的题目了，由于无题而无所囿，让读者自任想象之翼，也许偏离主题，甚至离题太远，但有一点是让我暗暗欣喜的，那就是它使我们陈旧、教条的情思，变得浪漫无端起来了。

　　我是二十六岁重返城市生活的。刚回来时喜欢在城市的街巷里走，感觉它与乡野的差异。城市的街巷总是光线充足的，即便是夜间，光线也足以照亮远方——这往往是两个空间的差异之一。典型的乡村之夜就是呈现夜的本质——漆黑。这个让人看不到的标志可以追溯到清贫，没有哪一个家庭会让煤油灯里的灯芯挑高一点。空间不明也就愈显空旷，那些废弃的、坍塌的、残破的院落，都是诡秘和惊恐的所在。暗夜中敏感的孩童，喜在不清晰中听人说鬼，暗中使人渺小失重，觉得无从抗拒无边之暗，那么多的阴影总是不散，那些由村上说书人夸饰起来的不可究诘的神秘，就隐藏在这些阴影里。特别是冬日一过，南方空间又开始了潮润的里程，各种声响在阴影的缝隙里填埋着，似乎随时会蹦跳出来，延伸到不安的梦境里。一个人在这样暗夜般的环境下过上几年，我的感觉是：人逐年在朝着孤独靠拢，与人少有话说，而不着边际的想法越来越多。我是后来读到蒲松龄的一篇自序，里面有牛鬼蛇神、秋萤之火、魑魅争光、魍魉见笑、惊霜寒雀、吊月秋虫这些阴森字眼，才明白庙堂太平之音可能什么人都可以写上一堆，而如此独异诡谲的文字，不敏感的人笔下还真无法出现。现在，我已经习惯了明晃晃的城市生活，习惯了穿梭般交织的车流、如潮涌动的人群，还有回旋于林立高楼间的巨大声浪。城市的环境让人感到生存的舒适，还有安全——每个人都在选择中放弃其他，事实也说明长居嘈杂城市里的写手，也是具备春风词笔的才华的，不一定要回到乡野。只是作为我自己，那些曾经有过的乡野私有记忆，不时在下笔时被揭开、苏醒，漫天飞舞。

　　我以为，这是个人精神生活中最早储蓄下来的一笔财富了。

　　有人善感，有人就非善感，至于近感远感、实感虚感，万千差别。一个俗常人看到断桥垂柳，视有若无就走过去了。而一个文士却止步于此，可以想到古朴的残破和细韧的清新，全然可以内化于自己笔下。这样与实物离题的想法往往有瞎想之说，却不知许多瞎想使自己欢悦无量。清人李渔说自己下笔时能有幻境纵横眼前："我欲做官，则顷刻之间便臻荣贵；我欲致仕，则转盼之际又入山林；我欲作人间才子，即为杜甫、李白之后身；我欲娶绝代佳人，即作王嫱、西施之元配；我欲成仙成佛，则西天、蓬岛，即在砚池笔架之前……"想象的过程何等意气飞扬，只是搁笔之后，还是一个落寞书生。有用与无用是俗常人的一种判断标准——庄子曾谈到山野中的一棵大树，遗世独立。可以揣测当年有许多其他树木共同生长，后来都因为有用而消失了，它们被砍伐下来，去做栋梁，去打家具，最不济也可当柴火炊爨。而它百无一用，连当柴火也烧不起来。于是汲日月精华疯长，大过常人的想象——树径达十丈，树荫下则可供一千头牛歇息。无用——常见者皆如此说。这很像罗斯曼桥旁的那些居民。弗朗西丝卡说："我们这里对这几座旧桥习以为常了，很少去想它们。"只有远道而来的罗伯特·金凯会激动不已："真好，这里真美。"他来这里就是为了拍罗斯曼桥的日出。《廊桥遗梦》这本书的问世，至少会使漠视者重新审视一座被称为罗斯曼的旧日廊桥，由此开想。这棵大树也是如此，被远行的人发现了，如此高耸雄阔，气宇轩昂，挺立于寒暑风雪往来中，这是怎样一种让人崇仰的气象。而绿荫如云弥漫荡漾于天边遥远，又如何不会勾起人们对于生机旺盛的礼拜？如果近前抚摸、搂抱，那冲霄的郁勃之气，兀傲群伦，是否可以鼓荡起弱者的心扉？在一棵巨木不能制成某一器物的另一面，展示了无用之用，它是形而上的，不能如器物那般测量分寸的。

对于如此想的人来说，真是大用了。

在许多大学校园里走，可以看到许多的草木。雨水多且气温高的南方，草木蓊郁，使校园显得深绿浓密。尤其是春夏日的忽雨忽晴交替，使大珠小珠挂于树梢或落下，闪动着阳光的亮泽。我在楼上上课，课余就靠着窗口，俯瞰外边湿漉漉的冠盖，还是让我感觉有东西隐蔽在内部，没有被发现，便由此想到更多——这个世界有多少隐蔽的存在不为我们所知，它们和我们看到的未必一致。由此唤起我们对于一切可能的想象、联想。譬如一粒屑微的树种落在南方泥泞的土地里，居然长成让人不可撼动的坚固，它里面一定隐蔽着一个桀骜不驯的灵魂，不容羁绊。我希望每次上课的教室都能安排在较高的楼层上，好让我面对远方时，所思所想，横无际涯。

后　记

　　午后的住宅区更加安静，便伸手取一本书，继续读几则金圣叹的评说。他那时的笔下已经有了一些白话文的味道，读起来似乎他人就在跟前。这个午后我记住了他的一些话，其中有一句是："题目是作书第一件事，只要题目好，便书也作得好。"按他的顺序，是先有题目再依此写文的。一个人成为文士，靠的就是他的感觉，觉得如此最适意，就如此做。人和人的差异有时就是体现在顺序上的，依顺序而行的，反顺序而行的，皆可成锦绣文章。我和金圣叹大不同，先动笔写去，大致有个路径，有时就离了辙轨，信手越来越多了，也越发畅快了，觉得道途开阔可以走马。像陆放翁的一些简札，起始还是想写得直爽一些的，谁知从第二行起就渐渐斜下来了，他也不管，任其斜去，于是行行斜，斜到终了，落个名字快意之至。一个人下笔过程中的任意，即便野调荒腔，也不要去拦截它，就如此下去——一个人下笔并不是想着把文写好，而是想写得有意思，那只能走这条路。待到纵横了结，我就会停下来想题目了，就像婴儿诞生，再起名字。这也使我从来没有金圣叹这种想法，我觉得我这种做法也可以写出好文章——不是只有一条路可以到达长安的。

　　起题目总是费心思，起了很多，删了很多，最后才定了一个，也说不上是最适宜的，但也不愿像人名起的不合适就再换一个。有时我就起一个毫不相关的题目，使题目与文之间相距一个恍惚的空间，让人去猜，或者觉得荒唐。

　　很多事情不是想周全了才来做的。凡事都讲严密，就没什么奇趣。

　　天下行业千万，如果一位文士，通常的表达就是以文字来进行。能发表最好，可以进入一个更广泛的空间为人识赏。如果不能发表，也就权作遣兴，并不后悔。以此遣兴的人不多，是很特殊的一些人才乐意——总是写个不停，然后给这个刊物，或者那家报纸。遣兴虽然是私有之至的举动，内心却还是有期待的种子沉潜于内部的。可能几个月，可能永远，就像叩问天堂之事由，天堂从来没有回响。接下来就是再写，没有别的法子。一个人要写多少篇、多长时间才能发表，只能自己去想——这是很独异的行程，就如我当年大学班上，年龄最小的女生已经有在省级刊物发表多篇的记录了，而比她大的还在不断接受退稿。能发表就可称为作品，发表不了的只能称文稿，感觉上明显有差别。如果一个人写了几百篇，无一发表，那是万万不能称作家的，只能是写作爱好者。如果几百篇鱼贯而出，被正式刊物接纳了，不仅称作家，且具著名。每个行业都设置了一些门槛来衡量，跨得过去、跨不过去，大不一样。这也使每个写作者，在把一篇文章写到全须全尾后，就会为它寻找一个落脚的地方，祈祷慧眼的编辑在一大堆文稿中被自己写的这一篇吸引，越快越好。大学时的教科书上说的则是另一种时间观念，即写好不急着外投，先藏纳起来，冷却冷却，过了好一段时间，再取出来修改，可能有一些新感受有益充实——此时或增或删，由于有这么一段空白时光的滋养，会成熟许多。我现在回想起就想笑，每个时段、每一种理解真是相差太远——如果是一枚青涩的果子不急于采，让它挂在枝头上，最后一定香甜无比。但文章不是久放就向好的，更不是改不胜改才好。往往就是改到熟俗，一点奇诡荒唐的情调都没有，如同一枚青橄榄，不及时品尝它的真实滋味，而是做成蜜饯——许多蜜饯让人品味不出它的前世今生，不得不询问其未腌制之前究竟为何物。

苏东坡作文，只说快意，不说好不好。他说："某平生快意事，唯作文章，意之所到，则笔力曲折，无不尽意。"他似乎是以意贯通艺文的，在书法上也是如出一辙："我书意造本无法，点画信手烦推求。"书写是因为快意才持续下来的，至于书写的规矩、法度，只能次之。文士的欢乐总是屑小的，写成一篇，便有所小乐，如果不断笔耕，又不断被刊登，屑小的乐趣连缀起来，也就有些得意。意如风，看不到，只有从行文中获得，看到随意、肆意、矜意、新意的差别，这比写得好有意思多了。相比苏东坡的适意，他的父亲苏洵则辛苦。总是追求言之凿凿无懈可击，苏洵不是超人，要达到滴水不漏也就得心力费尽——一些文章写成了，读罢以为不佳，辄又焚毁，如此反反复复，与东坡所为截然相反。这样就少快意了，更多的还是不开心。独至之性，旁出之情，常常是以自任形式出现的，自己先快活了再说——纵横自喜，说的就是这么一些人生。

闻一多曾说过一句很有意思的话："东坡自己的毛病，就在才太多。"才太多，恃才破关蹈隘，不为法束，不守常道，完全可以。后人少有东坡之才，也就只能守住自己一摊，细细打磨。多才的东坡可以不求发表，而今再有才的人也要通过发表来自证能力，达到了某些等级。这也使写作除了埋头，还须面对检验。刊物有自己的准则，有时就异于写者，告知不用，再无二话。这个态度在我看来近乎道，自己去悟好了。一篇文章所涉幽微，如何说清缘由？不可说是最适宜的。反过来，文章被认可，也不屑说，只是感觉适宜。这也使写者与编者关系可以简单到无言，而不是纠缠不清。

有上述这种感觉后，我通常是不会去打听文章怎么写，打听出来都是他人自家的套路，如宋人吴子良说的他人的金银器照座再好，也不及自家的瓷缶瓦杯用得顺手。作文常道人人都懂，反常合道才是自己要探究的——有时就是偏离正途，走一条野路子，不是勤读史册上那些大文士的文字，而是三流四流甚至底层不为人知的那部分。这些人如蝼蚁、草芥，志于学而不志于仕，不知钟鼎为何物、冠冕为何制，只是写了遣兴。道在瓦甓——我经常会想到这四个字，虽然名不彰文不显，还是会有人留意到。文不逢时也是常事，如同人生不逢时。这些人没有一丁点关于写作的心思留下，藏匿于修辞间的玄妙，等待后人去钩沉，勾得出少少许就是运气了。文章的写法如同道途，千条万条，找一条小路走走，反倒有探险的趣味，偏颇的小认知、小技巧也是让人痴迷的，既然是个人之所为作，不妨试试。真正写出自己的表情，已经足够。居今之世，志古之道，有人强调载道，有人就热衷陈情，不必追正宗以合正途，才可能有把笔的愿望——各自写，实则他不知你，你不知他，只在刊物上见。苏东坡曾说黄山谷的字如挂树长蛇，黄山谷则认为苏字简直就是一只压扁的蛤蟆。尽管两人交好，实则谁也猜不透对方所思所想，只能各说各的，各自成名。

　　每日偏于一隅闷声不响写去的人，我认定都是一些硁硁自守的狷者，何等自得。在场面上似乎都是一些斯文人，骨子里却未必如此，下笔之时，起承转合，岂有斯文之理。李太白说的："墨池飞出北溟鱼，笔锋杀尽中山兔。"说笔下有杀伐之气，也不为过。

　　好作文者就是倚仗自己的涓滴力量在推进文字的量和质——一生是不会写得太多的，甚至没有一篇值得传世。只是个人化的进程使人痴迷，痴迷是无药可救的，只能接着，再写吧。